北鎌倉の嘉風堂
裏路地神社の扇子屋さん

千早 朔

宝島社
文庫

宝島社

目次

北鎌倉の嘉風堂

裏路地神社の扇子屋さん

千早朔

saku chihaya

プロローグ

俺の雇い主は良い人だが、ちょっと自由すぎると思う。

簡易キッチンの付いた給湯室の隣部屋。昼食の準備ができたと呼びにきた俺は、扉を開くなり、素《す》っ頓狂《とんきょう》な声をあげた。

「あれ？　いない」

目当ての人物が、いない。

一定の規則性を持って並べられた、脚の短い木製の作業机。その一台一台になんとなしに組み分けされた塗料や筆、名のわからない機械達だけが、すまし顔で佇《たたず》んでいる。

使用感に溢れているものの、手入れは行き届いているそれらをざっと見渡してから、視線を床に移した。と、細かな傷の目立つ木目調の床に、削られた竹くずの残骸。

おそらく、ここに座って作業をしていたのだろう。中心部に、ぽっかりと人一人分程の不自然な穴が開いている。

「今度はどこ行ったんだ……」

嘆息交じりに頭を垂れた俺は、扉を閉じ廊下を進む。

つい十数分前まではあの部屋で大人しく作業に勤《いそ》しんでいたというのに、ちょっと目を離すと、これだ。

移動するのなら、一言《ひとこと》かけてほしい。もう何度目になるかわからない苦言を口内でぼやいている間に、目当ての上がり口に辿《たど》り着いた。目隠しを担っている暖簾《のれん》の間から顔を出し、この建物の表となる一番大きな部屋をぐるりと見渡す。

訪ねて来た人が土足で入れるよう、コンクリートが敷かれた床。壁や天井は木材が多く配置されていて、洒落《しゃれ》ているというよりは、素朴だが和《わ》の温かみのある内装だ。

目立ったものといえばこの上がり口にかかる暖簾と、左側の壁際に置かれた木製のテーブルセット。右側の壁に沿って配置された腰丈程の作業台に、ある意味この部屋のメインである、ガラスで作られた縦長のショーケースぐらいだろうか。

（……まあ、いないよな）

そんな気がしていたから、落胆はない。

暖簾をくぐった俺は身を屈めて、置いていた自身のスニーカーに足を入れた。

「……今日は天気がいいもんなあ」

出入口に向かって伸びるショーケースを横切ろうとして、足を止めた。

二段構造になっているその中には、広げ置かれた扇子《せんす》が数点並んでいる。客への見本として展示されているそれらは、全て俺の探し人である、雇い主が作ったものだ。

俺は視線を、上段左端に置かれた扇子へ滑らせた。

真っ白な扇面の右方に、羽ばたく鳥が一羽。水彩画のような淡い濃紺で描かれたその鳥は、薄桃色に染まる桜の花枝を咥《くわ》えている。

〝花喰い鳥〟という、吉祥文様《きっしょうもんよう》らしい。吉祥文様というのは、着物や伝統工芸品などで重宝される、縁起の良い柄の総称だ。この鳥は幸福を運ぶのだと、彼が教えてくれた。

なぜならこの扇子もまた彼によって作られたものであり、現在の所持者は俺、鷹蔵充晴《たかくらみはる》だからだ。

扇子とはできるだけ一緒にいた方がいいと言われたので、毎朝ここに収め、帰宅時は家に持ち帰っている。

「……やっぱり、綺麗だな」

モノに罪はない。

胸中に陰り始めた靄《もや》を打ち消すように視線を切った俺は、思考を戻してその建物——境内《けいだい》にある『嘉風堂《かふうどう》』と名の付いた社務所から踏み出した。

俺の勤務先である嘉風神社は、日本屈指の観光地である鎌倉に在る。

それだけ聞くと如何《いか》にも古都らしい風情のある立派な神社と、白い着物に袴《はかま》姿の男を連想するだろうが、実際はどれひとつとして当てはまらない。

人気《ひとけ》のない小道に突然現れるうちの神社は、風情どころか鳥居ひとつとっても見事なほどボロボロだ。おまけに背の高い竹藪が壁のように囲っていて、抜け道にも似た石畳の参道は、昼でも薄《う》っすらと暗い。

初見《しょけん》の人はまず間違いなく、その薄気味悪さにそそくさと通り過ぎるだろう。無理もない。俺だってそうする。

故に参拝客が誰一人来ない日もザラで、俺は日中の大半を、ささやかな清掃と雇い主のサポートにあてている。

ちなみに雇い主は、神主ではない。雇い主の養父にあたる先代が知り合いからこの神社の世話を懇願され、根負けした先代は、『管理人』として請負ったらしい。

月日が流れ、先代は成長した俺の雇い主に『管理人』の役目を引き継ぎ、家を出た。

つまり俺の雇い主はあくまで『管理人』で、俺もまた、そのサポート役として住み込みで働くただの従業員に過ぎない。

よって服装は自由であり、今日はチノパンに厚手のセーターを着ている。おまけに今は勤務用のエプロンも外しているから、もし参拝客が来ても、俺がこの神社の関係者だとは夢にも思わないだろう。

（……さっぶ）

暦上は春とはいえ、三月の外気はまだ冷たい。

俺は首を竦《すく》めて両手を擦り合わせながら、参道を挟んで反対側にある蔵に向かった。と、思った通り、社殿側の壁付近に、目的の人物が立っている。

色素の薄い、淡い色の髪。桑《くわ》色の着物を纏《まと》う彼の背丈は俺よりも低いが、すっと伸びた背筋とどこか品のある佇まいが、遠目からでも独自の雰囲気を悟らせる。歳は俺の五つ上。けれども醸《かも》し出す空気はもっと年嵩《としかさ》のそれで、色男というより美人という表現がしっくりくる顔立ちをしている。

年齢不詳。俺の人生だけを基準とするなら、この言葉は彼のためにあるような感じだ。よくよく見れば彼の足下には、古びた鍋が乗ったカセットコンロが置かれている。ふつふつとした煮沸音と、立ち上る白い湯気。

「……漂白ですか」

見知った光景に声をかけると、気付いた彼、嘉染癸燕《かぞめきえん》が「うん」と顔を上げて微笑んだ。

「しばらく天気がいいみたいだから、扇骨《おうぎぼね》を白干《しらぼ》ししておこうと思って」

扇骨というのは、その名の通り扇子の骨組みのことだ。扇骨に扇面を貼り付けると、良く知る『扇子』になる。

この扇骨の加工は専門の職人に依頼するのが一般的らしいが、うちの扇子は文字通り、癸燕さん一人で制作している。

鍋を覗き込むと、ぐらぐらと煮られる扇骨の束。要《かなめ》と呼ばれる穴に細い棒を通して、週刊漫画雑誌一冊分くらいの厚みに束ねたものと、二冊分くらいにしたものが底で揺れている。

扇骨の素材は竹だ。必要な形に削り上げた後、こうして一度薬剤で煮て漂白してから、『白干し』こと天日干しをする。

「これ、まだ始めたばっかりですよね？」

漂白は大抵、一時間ほどかかる。癸燕さんは側に置いた小型時計に視線を遣《や》り、

「そうだね。まだ十五分くらいってところかな……あ」

跳ねるようにして向けられた驚き眼《まなこ》が、ぱちくりと瞬《また》く。

「お昼、忘れてた……」

「……でしょうね」

「ごめん。つい、夢中で」

すまなそうに下がる眉尻。俺はしゃがみ込んで「いいですよ」と告げてから空を仰いだ。

「天気、いいですもんね」

白干しは、天気や気温で日数が微妙に変わる。癸燕さんが急《せ》くのも無理はない。

冬場はだいたい、二週間は必要だ。

「俺、見てますから、着替えてきてくださいよ。扇骨引き上げるのに、着物じゃ動きにくいでしょう？」

作業の時、癸燕さんは着物ではなく作務衣《さむえ》に着替える。だというのに今日は袖をたくし上げただけというのは、大方、着替える暇すら惜しかったのだろう。

俺の指摘に、癸燕さんは自身を見下ろしてから「そうだね」と苦笑した。

「ごめんね、充晴。すぐ戻ってくるから」

「あ、ちゃんと羽織も着てきてくださいよ。まだ寒いんですから」

「うん、わかった」

背を向けて、急く草履《ぞうり》が砂利を鳴らして遠ざかっていく。

癸燕さんが問題なく嘉風堂に入っていったのを見届けて、俺は膝を抱え、鍋下の炎を見つめた。

彼と暮らすようになって、もう五年になる。

この五年で多くを学び担う役目も増えたが、扇子作りだけは一切手を出していない。というか、無理だ。何をしているのか、大方の手順は知識として理解しているが、それだけ。実際に俺がどうこうできるとは思えない。

それに、ウチの扇子はあの人が作るから、ご利益があるのだと思っている。

ウチの神社には、お守りもおみくじもない。

授与しているのは扇子だけ。それも、完全オーダーメイドの一品ものだ。

なぜならこの扇子は、『神様に願い事を届ける扇子』だから。真偽はともかく、そういう謳《うた》い文句になっている。

俺は顔を上げて、古びた木造の社殿を見遣《みや》った。

お守り代わりに扇子の配布を始めたのは、これまた管理人となった先代だったそうだ。ある日突然、扇子という媒介を通して届けられるようになった願いを、神様はどう感じたのだろう。

未だに手を貸し続けてくれていることを考慮すると、きっと、悪い気はしなかったのだと思う。もしかしたら、「これは面白い」と膝のひとつでも叩いたのかもしれない。

とはいえ、いくら好意的だったとしても、神様は気紛《きまぐ》れだ。祈る人全ての願いを聞き届けてくれるわけじゃない。

だから俺はこの扇子を求めてくる人に、ちゃんと説明するよう決めている。

この扇子はあくまで『願いを届ける』だけ。叶《かな》うかどうかは、神様の御心《みこころ》次第なのだと。

「……お願い事、かあ」

嘉風堂を訪れる人は皆、思い思いの願いを込めてあの扇子を手にしていく。

俺はまだ、あの〝花喰い鳥〟に願いを込めていない。

「――充晴」

ほつれた花弁のような声と共に、背に柔らかな生地が降ってきた。

俺の上着だ。見上げれば、藍《あい》色の作務衣に唐桟縞《とうざんじま》の半纏《はんてん》を羽織った癸燕さんが、目元を緩めて見下ろしている。

「ありがとうね。充晴も、寒かったでしょう」

「いえ。火の側だったんで、温かったです」

「ご飯、折角用意してくれたのに、冷めちゃったね」

「またチンすればいいですよ」

昼飯は基本的に、神社隣りの自宅から朝持ってきて冷蔵庫に入れておき、電子レンジで温め直して食べている。

嘉風堂の給湯室には炊飯器も置いているので、丼ものが多い。手早く済むし、洗い物が少なくて一石二鳥だ。

「今日は昨日の鳥つくねを使った、鳥つくね丼です」

「お鍋に入ってたやつだね。美味《おい》しかったなあ。生姜《しょうが》とネギが利いてて」

「昨日のお鍋は塩ベースだったので、つくね丼はタレにしてみました。甘辛な感じで」

「凄いね、充晴。いやあ、充晴と一緒になってから、僕は随分と贅沢な生活をさせてもらっているなあ」

……うん。この人のこういった些《いささ》か誤解を生みそうな言い回しは、今に始まったことじゃない。

すっかり慣れっこになってしまった俺は特に指摘するでもなく、「というか」と疑問に眉根を寄せた。

「なんで癸燕さん、こんなに器用なのに、料理だけはああも駄目なんですかね」

神社での就労を条件とした、癸燕さん宅での居候《いそうろう》生活初日の夜。当時、高校を卒業したばかりだった俺の卒業祝いとささやかな歓迎会だと言って、癸燕さんが食卓に何品も並べてくれた。

口では恐縮しつつも心底嬉しかった俺は、勧められるまま癸燕さんの対面に腰掛け、共に手を合わせて「いただきます」と心躍らせながらそのひとつに箸をつけた。

あのとき食べた肉じゃがの味を、俺は一生忘れないだろう。

息が止まるほど塩辛くて、おまけに恐ろしく甘かった。噛み締めたジャガイモはまだ芯が固く、サクッと妙に歯ごたえがいい。

吐き出すには気が引けて、ろくに噛みもせず無理やり飲み込んだ俺は、即座に手元の麦茶を一気に呷《あお》った。

グラスを置く。いつの間にか側に立っていた癸燕さんが、ガラスピッチャーを傾けてお代わりを注いでくれた。

「やっぱり、味濃かった？」

（え、これ、この人にとっては〝普通〟なの？）

混乱と、これから世話になるというのに初日から関係を害したくはないという思いから、「すみません、ちょっと、俺には濃かったみたいで」と返すと、

「ああ、気を遣わなくていいよ」

癸燕さんは不思議そうにしながら自身の作った料理を眺め、

「実は昔、先代に〝お前は何をやらせても見事にこなすけど、料理だけはてんで駄目だな〟って言われてね。それ以来、料理は一切させて貰えなかったんだ。先代が出て行ってから作るようになったんだけど、やっぱり上手《うま》くいかなくてね。でもまあ、自分一人だし、お腹が満たされればそれで良かったから、特に気にしてなかったんだけど……。今日はちゃんと調べた通りにやったつもりだったのに、なんでだろう」

トンと机を鳴らしたガラスピッチャーの中で、水面がゆらりと揺れる。解放された左手

で右腕の袖を軽く上げた癸燕さんが、そっと肉じゃがの器を俺から遠ざけた。

代わりに別の大皿を寄せて、

「こっちのメンチカツは、昔から懇意にしてるお肉屋さんで買ってきたんだ。美味しいよ。今日は買ってないけれど、僕はここのコロッケも大好き。それと、こっちのサラダは野菜を切っただけで、まだ味をつけていないから。あ、もちろん、この鮪と鯛のお刺身も、お魚屋さんで買ってきたのを移し替えただけだよ」

流れるような手付きで、机上に並ぶ皿の配置が変えられる。

「それ、全部食べていいからね。足りるかな？」

いや、いくらお祝いとはいえ、俺の胃袋を過信し過ぎだろう。

きつね色をした掌《てのひら》サイズのメンチカツも、みずみずしいトマトが鮮やかなサラダも。魚ってこんなに綺麗だったっけ、とこれまでの価値観に疑問を覚えてしまうような刺身だって、そもそも二人分とは思えない量だ。

「十分過ぎるというか……むしろ、残してしまったらすみません」

素直に告げると、癸燕さんは「なら良かった。残ったら残ったでいいから、好きなだけ食べてね」と満足そうに笑《え》んで、自席に戻っていく。

俺はその姿を追うようにして、癸燕さん側に寄せられた皿へと視線を落とした。

深皿に盛られた肉じゃがに、ところどころ焼き色の濃い不格好な巻き卵。どちらも癸燕さんが、俺のためにと作ってくれた品だ。

たぶん癸燕さんは、こうなることを予想していたのだろう。だから自分の手が入ってない料理を用意していた。逆に言えば、それだけで済ますことだってできただろうに。

「……あ、そうだった」

ふと気付いたような声。思考が引き戻され、跳ねるように癸燕さんへと視線を遣ると、

「ごめん、その味噌汁も僕が作ったんだった。下げるのを忘れてたね」

貰うよ、と。伸ばされた右手を、俺はまじまじと見つめる。

特に傷は、ない。さっき話していたように、普段から作ってはいるから、うっかり包丁でという〝お約束〟もないのだろう。

（……なんだかなあ）

むしろ絆創膏一枚でも巻いていてくれた方が、都合が良かったのかもしれない。

いや、でもな。俺はやっぱり今のなしと即座に取り消す。

あんなに優美な扇子を創り出すこの綺麗な手に、傷が付くのは、何となく嫌だ。

「――っ」

俺は意を決し、崩れた豆腐と大ぶりなワカメの浮かぶ味噌汁椀を持ち上げ、一気に口にした。

喉を通っていく液体はしょっぱいのに水っぽい。ぶよぶよとしたワカメは高速で咀嚼《そしゃく》して、おそらくもう少し原型をとどめていたら恐ろしく美味《うま》かったであろう豆腐と共にごく

りと飲み込んだ。

「っ、充晴」

焦ったような声。俺は構うことなく箸を動かし、椀を傾ける。

数度繰り返して空《から》になってから、やっとのことで癸燕さんへと視線を向けた。

初めてみる、呆気《あっけ》に取られた顔。

「食べました」

「だ、大丈夫？　みは――」

「食べれました」

「う、うん？」

「肉じゃがも、まだジャガイモだけだったけど、食べれました。だからその卵焼きも、食べれます」

「……え？」

俺は眼前に寄せられていた、三枚の大皿を彼に近付ける。

「こっち、癸燕さんも一緒に食べてください。肉じゃがと卵焼きは、俺も食べます」

「でも、不味《まず》いよ？」

「不味くても、食べたいんです。……俺のために作られたご飯を食べるのは、久しぶりだから」

癸燕さんが微かに目を見張る。けれどほんの数秒で、今度はすまなそうな苦笑を浮かべた。

「ごめんね、充晴。僕がもっと……せめて、普通に作れれば良かったんだけど。でもそういう事情なら、これからもっと頑張って――」

「あ、それはいいです」

俄然はりきり出したその人を、俺はぴしゃりと制した。

「俺も料理の経験はあんまりですけど、たぶん癸燕さんよりはマシだと思うんで、明日からは俺がやります。後で台所の使い方とか教えてもらっていいですか？　あと食材の管理方法とか、買い出しの仕方とか。あ、朝食はご飯派ですか？　パン派ですか？」

口直しがてらメンチカツを一枚取って、取り皿に乗せてから一口分を齧る。

あ、うまい。サクッとした衣から、じわりと染み出る肉汁。ソースは付けていないが、優しい塩気がお肉の甘味を引き立たせている。

これに次はお米を……と箸で一口分の白米を口内に放り込んでいると、少し遅れて対面から「……え、いいの？」と驚いたような声がした。

「この間も話したけど、お給料、少ないよ？」

「住み込みで家賃も光熱費も、おまけに食費まで出してくれるってんですから、むしろ贅沢なくらいです。なので家のこと、俺にも回してくださいよ。料理は平気として、あとは……掃除とか、洗濯とかですかね？　別にもう〝お客様〟じゃないんだし。あ、もちろん、許可できる範囲でですよ。さすがに金銭的なところは心配だと思うんで……」

「充晴は、しっかりしているね」

妙に響く柔らかい声に、思わず息を詰めた。

そんなことはない。じゃなければ、そう俺が言葉を紡ぐ前に、

「〝お客様〟じゃなくれば、何だと思う？」

どこか楽し気な問い。急な話題の転換に少々面食らいながらも、思考を働かせた俺は眉根を寄せ、

「……〝住み込みの従業員〟、でしょう？」

「…………は？」

「僕はね、〝家族〟になれたらいいなって思ってる」

たぶん俺は今、発した声と同じくらい、間抜けな顔をしているに違いない。

実際、癸燕さんは可笑《おか》しそうにクスクス笑って、「か、かぞく？」と聞き返した俺に、

「うん、家族」と頷いた。

「これからね、僕と充晴はほとんどの時間を共にするでしょう？　それこそ、健《すこ》やかなるときも病《や》めるときも、どちらかがこの家を出ない限り、どうしたって側にいなくちゃならない。だからね、それならば二人で在ることを、最大限に活用したらいいと思うんだ。時に分け合い、時に支え合い。そうやってお互いが少しずつ補い合う。充晴が今、僕の苦手な料理を引き受けてくれたようにね。こういった関係を一言で表すのに、僕は〝家族〟って言葉が一番だと思うんだ。だから、家族。僕は充晴と、そうなりたい」

（あぁー、なるほどね……）

納得半分、呆れ半分。

なんというか、初めて会ったときからそうだけども、癸燕さんはどうにも言葉が率直だ。いい意味でも、悪い意味でも。

（これ、相手が相手だったら、絶対誤解されるんだろなあ）

たとえば、彼に心を寄せる誰かがこの椅子に座っていたとしたら、間違いなくプロポーズかそれに準ずる甘言だと勘違いするだろう。

（天然？　それとも、相手が俺だから安心しているのか？）

まあ、その辺の見極めはこれから追々していくとして。

「充晴は、どうしたい？　これは僕の一方的な希望でしかないからね。充晴が僕と、あくまで一線を画した雇用主と従業員の関係でありたいと望むなら、もちろん尊重するよ」

向けられた微笑に、薄っすらと既視感。

これは……あれだ。自分を置いていく大人に、「大丈夫」と笑ってみせる幼子の強がりに似ている。

寂しい。その一言を喉元に押し込めた、あの眼に。

俺は嘆息交じりに、「……そうですね」と箸を置いた。

「俺はそもそも家族ってものがよくわかりません。でもやっぱり料理は俺がやりたいって思いますし、さっき言ったように、提供されてる条件に不満もないです。しいて言えば、世話になるだけの居候にはなりたくない。貰っている分は、ちゃんと返したいんです」

だから、と。俺は強い意志を込めて、彼の双眸を見つめる。

「それを家族と呼ぶのなら、俺もそうなりたいです。どこまで力になれるかはわかりませんけど、癸燕さんにできないことは俺がカバーします。他のことだって、一緒に住むなら協力し合うのは当然だと思うし……邪魔者になるくらいなら、さっさと出ていきます」

〝必要ない〟とされたなら、すっぱりと出ていく。癸燕さんの元で働くと決めたときに誓ったことだ。

癸燕さんは初めから、なぜだかわからないけれど、溢れんばかりの善意で接してくれる人だから。迷惑はかけたくない。

静かに見つめていた淡い双眸が、ふと和《やわ》らいだ。

「充晴が出て行ってしまうのは、寂しいからね。僕も見切りをつけられないよう、努力するよ。……それでもいつかは、巣立ちのときがくるのだろうけど」

巣立ち？　そう尋ねる前に、「ひとまず」と言葉が遮《さえぎ》る。

「料理はお願いするとして、洗濯とか掃除とか、そういうのはお互いに調整しながら考えていこう。なにも全てを充晴に任せていたら、僕が手持ち無沙汰になってしまうしね。とりあえず今は一緒にご飯を食べながら、こうして沢山話そうか。僕たちはまだ、始まったばかりだから」

＊＊＊

そんな経緯があって、俺はあの日から現在に至るまで二人分の食事を作り続けている。

やってみたら案外性《しょう》に合っていたようで、時には面倒に思うときもあるが、やめたいと思ったことはない。

記憶の中ではなく、目の前の癸燕さんがぽやぽやと空を仰ぐ。

「どうしてだろうね……って、どうかしたの？　充晴」

眉間に不可解を映して、視線を落とした癸燕さんが小首を傾《かし》げた。

「なんか、楽しそう」

「あー、いえ。前に、癸燕さんが肉じゃが作ってくれたじゃないですか。あと、味噌汁と卵焼き。あのときのこと思い出して」

「ああ、充晴が僕のところに来てくれたときの、最初の晩御飯か。よく食べてくれたよね、本当。でも、どうして急に？」

「俺にもよくわからないです。ふと思い出しただけなんで」

と、癸燕さんが閃《ひらめ》いたとでも言いたげな顔で、

「もしかして、また食べたいとか？　そういう話なら、喜んで作るよ」

「いえ、それは絶対ないんで大丈夫……」

「あれから結構経《た》ったし、もしかしたら、上手くなってるかも」

「いえ、翌日から簡単な手伝い以外、台所に立たせてませんからね？」

「でも毎日、充晴のご飯食べてるし」

「食べるだけで上手くなるのなら、俺だって有名シェフの一流料理を食べに行ってレストラン開きます」

「うーん、それは困るなあ」

口元に手を添えて、癸燕さんがクスクスと笑う。

「そうしたいのなら止めないけれど、充晴が出て行ってしまうのは、寂しいからね」

五年前と同じ台詞《せりふ》を口にして、癸燕さんが片手を差し出してくる。

言葉遊びだ。察した俺は呆れ交じりに「ひとまず」と、その手をとり立ち上がる。

「ご飯……は白干しが終わってからになるんで、漂白が終わるまで沢山話しますか。もう五年、一緒にいますけど」

「まだ、五年だよ。充晴のいなかった人生の方が、ずっと長い」

いや、それは当然でしょうと返そうとして、止《や》めた。これ以上追求しても、癸燕さんの悪い癖が出てくるだけだ。

あれだ、あれ。俺以外の誰かが耳にしたら思わず「喜んで！」と叫んでしまいそうな、誑《たら》し文句。五年も事あるごとに言われ続けていれば、その前に引く術《すべ》だって覚えるもんだ。

（……俺も大人になったなあ）

一人感慨に浸りながら、肩にかかっていた上着に袖を通す。

境内には、一本だけ桜の木がある。

嘉風堂側の拝殿横。今の俺達からだと、半分程が見える。

「……桜、もう少しで咲きますかね」

「開花予想では、あと二週間くらいだったかな。そろそろ鶴岡八幡宮に行ってみようか。建長寺にも寄って、帰りに茶菓子を買おう」

毎年恒例となった散策コースを聞きながら、俺は「いいですね」と桜を見遣って頷いた。

鎌倉には、早咲きの桜も多い。混みあう開花予想日の少し前に花見へ向かうのが、俺達のお気に入りだ。

最後は買ってきた茶菓子を供に、境内の桜を楽しむ。

「帰ってきたら、お茶、淹《い》れてくださいね」

お決まりの締めを揶揄《やゆ》して告げると、癸燕さんは「もちろん」と頬を緩めて頷き、

「とっておきの茶葉を出さないとね。過ぎた一年への感謝と、新しい一年の始まりを祝って」

どれにしようかな、と楽し気に思案を始めた癸燕さんの横で、俺は両手を上げて伸びをする。

心地よい煮沸音に、麗《うら》らかな空。日差しは春の陽気を含んでいて、ぽかぽかと温かい。

「……あー、本当に今日は気持ちいいなー」

隣で微笑む〝家族〟が首肯するのを感じながら、彼と過ごす六度目の春を見上げた。

第一話 ＝蝶とスイートピー＝

どうして自分はこうも、ダメなんだろう。

「ちょっと倉門《くらかど》！　どうしてそんなに葉を多くするの？　今回のテーマは『ゴージャスで煌《きら》びやか』だって言ったでしょう！」

「すっ、すみません……！」

綺麗な顔を憤怒に歪《ゆが》め、上司が足早に向かってくる。私の生けた花瓶から手早く緑を抜き取り、代わりに生花を次々と挿しこんでいく彼女は、今を時めく『美人フラワーデザイナー』こと黛千草《まゆずみちぐさ》さんだ。

柔らかな動きのついたミディアムヘアは、毛先まで艶《つや》やかで手入れが行き届いている。生け花全体のバランスを見ながら整える双眸は真剣で、長い睫毛《まつげ》はくるりと上向きだ。肌もつやつや。眉もきっちり整っていて、しょっちゅう化粧をサボってしまう私とは違い、黛さんはどんな激務の日でもばっちり決まっている。

きつく引き結ばれていたローズピンクの唇が、「……こんなところね」と満足を呟いた。

「倉門。どうして事前にOK出したデザインと変えたの？」

「えと、実際に来てみたらこのレストランには観葉植物が多かったので、統一感があった方がいいかなと……」

「あのね、ここのオーナーは私のデザインした花を見て今回の依頼をしてきたの。わかる？　今、ここのレストランに必要とされているのは、『黛千草』のフラワーアートなの。今回あなたに何個か作らせたのは、あくまで勉強のため。だから事前にチェックして修正したでしょう？　なのに勝手して、『黛千草』の顔に泥をぬるつもり？」

「っ、すみません。そんなつもりじゃ……」

「ええ、そうね。知ってるわ。倉門はいい子だもの。い—い？　求められているのは私の作品。あなたは、そのアシスタント。そこを忘れないでちょうだい」

——またやってしまった。

去っていく背にむかって、「すみませんでした」と頭を下げる。

デザイン画を提出した時も、『これは黛千草の仕事だってわかってる？』と怒られたんだった。わかってた、はずなのに。

「倉門！　スタンド用の花器出して！」

「！　はいっ！」

私は慌てて出来上がった花瓶に水を含ませ、店外へと飛び出す。置いていた段ボールから丁寧に梱包してきたアイアンスタンドを出し、慎重に立てて、花器をはめ込んだ。

大手不動産会社が手掛けているこの青山のレストランは、明日で三周年を迎えるらしい。

今回は、お得意様を呼んで開かれる祝賀パーティーの会場装花を依頼されている。

黛さんはメインとなる大物の装花を、私は店内の数か所に置かれる花瓶のアレンジを三つほどを任されたが、基本は黛さんのアシスタントだ。黛さんが作業しやすいようにサポートをするのが、私の役目。

店外で一番に目を引くスタンド用の生花は、大ぶりで色鮮やかな花を選ぶことが多い。

今回のメインは真っ白なカサブランカだ。花弁の先を反《そ》るようにしてしっかり開いた花をたっぷり使い、アクセントに小ぶりの白や深紅の花が数種類入る。

黛さんがバケツを覗き込んで、花をチェックしていた時だった。

「おおー。これはこれは、見事な花ですな」

「！　これはオーナー。こんな時間に、視察ですか？」

こんな時間、という言葉にちらりと腕時計に目を滑らせると既に二十三時を回っている。

こうした商業施設での作業は閉店を待ってから始まるので夜通しの作業も珍しくはない。

（あの人がオーナーさん……）

ゆったりとした無地のニットに、柔らかな素材のズボンとスリッポン。白髪交じりの髪は軽く流れが整えられていて、近所の公園に散歩にきた小洒落たおじ様といった風貌だ。

目じりに数本の皺を刻み、手に提げていたビニール袋を軽く掲げる。

「いやあ、視察だなんて、そんな大げさなモンじゃないですよ。こんな夜更《ふ》けに頑張ってくれているお嬢さん方に、ちょっとした差し入れをね。フルーツゼリーを持ってきたので、好きな時に皆さんで食べてください」

「すみません、お気遣いありがとうございます」

「いえいえ。それと実は、もうひとつ理由がありましてね」

オーナーさんが振り返って、後方を見遣る。と、タイミングを見計らっていたかのように、ショートカットのすらりとした女性が現れた。

(え、嘘……)

私は思わず息を呑む。

落ち着いた足取りで近付いてきた女性は黛さんに視線を合わせると、嬉しそうにもすまなそうにも見える、複雑な笑みを浮かべた。

「久しぶり、千草」

「…………」

苦々しく顔を顰《ひそ》める黛さん。女性は視線を私に転じると、苦笑をカラリとした笑みに変え「夏江《なつえ》ちゃんも久しぶりだね。元気にしてた？」と手を振った。

「っ、お久しぶりです、律《りつ》さん」

彼女の名は浅香《あさか》律《りつ》。黛さんが事務所を立ち上げる前から、二人は〝同僚〟としてホテルや商業施設を中心とした装花に携わっていたという。そんな背景からか、私がオフィスに就職した時には既に、唯一黛さんと対等に意見を交わし合える第一アシスタントとして、技術面だけではなく精神面でも黛さんを支えていた人だ。

過去形なのは、彼女が一年前に黛さんの元を去ったから。

今ではフリーランスのフラワーデザイナーとして、方々でじわじわと知名度を上げている。

大好きな先輩だった。思いやりがあって、明るくて、落ち込んでいると励ましてくれる。指導は厳しいが的確で、たとえダメ出しをするにも必ず私の意図を聞き、「なるほどね」と否定せずに受け止めてくれる人だった。

「どうしてここに？」

一年ぶりに会えた嬉しさと気まずさを上手く処理できないまま尋ねると、

「ああ、まだちゃんとは聞いてなかったかな。今度、日比谷の商業施設を飾るでしょ？　それ、アタシもいくつか担当を貰ってるんだ。で、その担当エリアの中にレストラン階があってね。そこの目玉として、ここの系列店が入るんだよ。だから事前に雰囲気を見ておきたくてさ」

（黛さんが言ってた〝他のトコ〟って、律さんのことだったんだ……！）

律さんの言う通り、一か月後、私たちはこのオーナーの依頼で、日比谷に新しくオープンする商業施設のオープニングセレモニーを飾ることになっている。

けど、オーナーは六階建ての施設を一晩で飾り付けるにあたって、黛さんとうちのスタッフだけでは厳しいと踏んだらしい。

そこで人目を惹く〝主役〟の会場入り口と、一階から三階までを黛さんに。四階から六階までを〝他のトコ〟に頼んでいると黛さんから聞いていた。

つまり、ライバルか。どう足掻《あが》いたって比べられてしまうだろう構図に、絶対に勝たないと！　なんて意気込んでいたのだけど……まさか、律さんだったとは。

「オーナー、ちょっと中も見せてもらっていいですか？」

「構わないかな？　黛さん」

「……どうぞ。作業の邪魔だけはしないようにお願いします」

棘《とげ》のある他人行儀な物言いにも、律さんは「おっけ。じゃ、失礼しまーす」とどこ吹く風で受け流し、中へと入っていく。

オーナーは自分の仕事は済んだとふんだのか、

「それじゃあ、私はこれで。明日の出来上がりを楽しみにしてますよ」

「ええ、きっとご期待に添えてみせます」

片手を上げて去っていくオーナーを、黛さんは綺麗に笑んで見送る。

が、その背が見えなくなった途端に険しく眉を顰《しか》め、睨むようにして店内を見遣った。

明らかな嫌悪。これは律さんを追い出しに行くんじゃ……とハラハラしたけど、黛さんは特に何を言うでもなく、再びスタンドに花を挿し始めた。

（……オーナーが許可出しちゃったもんなあ）

さすがの黛さんも、動けないか。そんなことを考えながら、私も作業を再開する。

律さんが出てきたのは、それから十分程が経った頃だった。

「うん、大体のイメージは固まったかな。邪魔したね」

律さんが軽く会釈するも、黛さんは一切見遣らずに、

「終わったんなら、さっさと帰って頂戴」

「そうするよ。明日も早いしね」

肩を竦めて、苦笑する律さん。と、私に視線を滑らせ「じゃ、また今度ね」と手を振ってくれた。

言葉に迷った私はとりあえず会釈を返して、背を向け歩き出した律さんを見送る。

「……ああ、そういえば」

途端、律さんが思い出したように振り返った。黛さんへと視線を投げる。

「カウンター席の横に置いてあった花。最初に生けてたのって、夏江ちゃんでしょ」

「！ ……だったら何？」

「いーや？ ただ、そうだろうなって思ってさ」

やっぱりね、と笑んだ律さんは私に視線を移すと、

「アタシはいいと思ったよ。あの場に置く花に、リーフで緑を増やしたの」

「え……？」

「っ、律！ 部外者が余計な口を出さないでちょうだい！」

「ただの個人的な感想だよ。またね、千草。夏江ちゃんも頑張って」

ひらひらと手を振って、今度こそ去っていく律さん。

……オーナーはきっと、『元同僚』の黛さんと律さんなら気心が知れていて、連携も取りやすいだろうと考えたんだと思う。

けど実態は、あれから二人の関係はすっかり拗《こじ》れてしまっていて、オフィスのスタッフは皆、律さんの話題を避けているくらいだ。

律さんが自分を『裏切った』。黛さんは、そう感じているらしい。

「……倉門」

鋭い眼光に名を呼ばれ、私は慌てて「は、はい！」と背を正す。

「明日から、例の施設のデザイン画始めるわよ」

鋭利な声に込められた、剥き出しの敵対心。

チクリと痛んだ心を隠しながら、私は気合を入れて「はい！」と力強く頷いた。

「……そう。それでいいわ」

黛さんが、バケツから引き抜いたカサブランカの茎をパチリと切り落とす。

「花も人も、一人で勝手に美しく咲けるだなんてとんだ傲慢《ごうまん》だわ。あなたは間違えないでちょうだい。……律みたいにね」

＊＊＊

レストランの華々《はなばな》しいパーティーを無事に見届けた翌日。オフィスに戻った私達は、早速と例の商業施設のデザイン画にとりかかった。

抽選で選ばれたお客様を対象としたプレオープンの日には、報道陣も多く入るという。黛さんは施設の顔ともいうべきメインエントランスに、大掛かりなフラワーアートを作成すると言ってた。おそらく、作業のほとんどをこちらに費《つい》やすことになるだろうと。

そんな背景から、今回私は女性向けのコスメブランドやファッションブランドが並ぶ、三階のビューティーエリアを任された。

オーナーからの要望で、各階のエスカレーター前にフラワーアートを置く予定になっている。つまり私は、『ビューティーエリア』を体現化した一体を作成しなければならない。

黛さんから言い渡されたテーマは、『グロッシーでフォトジェニック』だ。流行に敏感な女性がメインターゲットであるため、SNSでの話題性を狙うのだという。

「とりあえず、案を出してちょうだい。見に来たお客様の頭には『黛千草』の名前があるってこと、忘れないでよ」

こうしてチャンスを貰ってから早五日。私は未だに、使い込んだクロッキー帳の白紙を埋め続けている。

「……グロッシーで、フォトジェニック」

この職についてから、諸々《もろもろ》のこだわりを捨てて、終電も関係ないオフィスから近いワンルームのアパートに引っ越した。

ああでもない、こうでもないと疲弊した脳を必死にひねくり回しながら、夜道をとぼとぼ歩く。

と、ふと過《よぎ》った思考に、足を止めた。

「……これも、『黛千草』の作品になっちゃうのかあ」

専門学校を卒業後、黛さんのオフィスで働き始めた。今年で五年目。まだまだ学ぶべき立場だけれど、先日のレストランの件も含め、ここ数年でデザイン画から担当させてもらえる機会が増えた。律さんが辞めてからは特に。

けれどどれひとつとして、〝私〟の名前は出ていない。全て黛さんのチェックが入り、手が加えられ、最終的には『黛千草』の作品になってしまう。

アシスタントとして雇ってもらっているのだから、当然といえば当然だし、初めは私も〝黛千草〟の一員なのだと誇らしくもあった。

それが変わってきたのは、いつからだろう。

ずっと今を望んでいたはずなのに、時々こうして自分でもよくわからない、やるせなさのようなものが込み上げてくる。

――本当に、これでいいのかな。

私がやりたかったことは。歩んでいる道は、間違っていないのだろうか。

ぼんやりと立ちすくんでいた刹那《せつな》、思考に割り入るようして電子音が響いた。スマホの受信音だ。

「び、びっくりした……」

緊急の発注依頼だろうか。急いでショルダーバッグからスマホを取り出し、恐る恐る差出人を確認する。

と、そこには『浅香律』の文字。

「律さん……？」

こうして連絡を貰うのも、いつぶりだろう。懐かしさを覚えつつも、疑問に首を傾げながらメッセージを開く。

時刻は既に二十一時を回っている。こんな時間に、どうしたんだろう。

『もう夕飯食べた？　いま、楽造《らくぞう》にいるんだけど、まだならおいでよ』

楽造というのは、律さんがまだオフィスにいたころ一緒によく通っていた、この近くのラーメン屋さんだ。

(律さんが、近くにいる)

即座に「いきます！」と返信した私は、スマホを握りしめて夜道を駆け出した。

楽造は、小ぶりな雑居ビルの一階端で営業している。店内はさほど広くなく、週末には数名が店外で待っていることもしばしばだ。

けどこうした普通の平日なら、すんなりと入れる。『ラーメン』と書かれた赤い提灯横の出入口をくぐると、カウンター席の一番奥に律さんがいた。

お決まりの席に、なんだか安心する。私に気付いた律さんが頬を緩めて片手を振った。

「お疲れ様。急に連絡してゴメンね」

「いえ、丁度近くにいたので、むしろタイミングばっちりでした」

鞄を隣の空席に置きながらいそいそと隣に座ると、「奢ってあげるから、好きなの頼みな」と律さん。

私は「やったあ」と声を上げて、大好きな『あっさり野菜塩ラーメン』をチャーシュー大盛で注文した。

頬杖を突きながら様子を窺っていた律さんが、こらえきれないといった風にクックッ笑う。

「変わってないね、夏江ちゃん。注文するラーメンも、奢りとなるとチャーシュー大盛にするところもさ」

「とある大先輩に、奢りの時は遠慮しない！　って教育をされたもので」

「うんうん、ちゃんと教育の成果が出ているようで、私は嬉しいよ」

教育した張本人が、上機嫌に私の頭をポンポンと撫でる。

「お待ちどうさま！」

威勢の良い声と共に、律さんのラーメンがカウンター越しに置かれた。

覚えのある、真っ赤なスープとツンとした刺激臭。

「……律さんも、相変わらず好きですね。ここの激辛味噌ラーメン」

「ついでに今日は辛ネギ、唐辛子三倍増しだよ。先に食べていい？」

「どうぞどうぞ、もちろんでございます！」

ははー！　と低頭しながら割りばしを差し出すと、律さんは「くるしゅうない」とノリよく受け取って割り開く。

うん、やっぱり懐かしい。友達以外でこうした軽口が許されるのは、律さんだけだ。

「さて、久ぶりに堪能させて貰いますか」

頬横の髪を耳にかけて、律さんが両手を合わせる。まずはスープから……と浸された白いレンゲが、瞬時に真っ赤に染まった。

うわ、と怖気《おじけ》付く私とは対照的に、律さんは「うん！　美味しい！」とご満悦顔。

（……律さんの舌ってどうなってるんだろ）

この疑問を抱えるのも、もう何度目だろう。

手持ち無沙汰にお冷《ひや》をちびちび含んでいると、不意に、律さんが世間話のように切り出した。

「……どう？　進捗《しんちょく》のほどは。上手くいってる？」

「え？　私が担当持ってるって、なんで知ってるんですか？」

驚愕に跳ね上がる私を横目で見て、真っ赤なスープの絡んだ麺を咀嚼した唇が、ニヤリと吊り上がる。

「千草がメインエントランスを誰かに任せるわけないし、確実に一番力を入れてくるだろうからね。となると、他のフロアは誰かに任せないといけない。ならきっと、夏江ちゃんは確実に持ってるだろーなって。この間のレストランでも、飾ってたくらいだしね」

……さすがは元第一アシスタント。鋭い。

的確な予測に、私は下唇を噛んで視線を落とした。

内部情報は他言無用。律さんは承知の上で、尋ねているのだろう。

「はい、あっさり野菜塩ラーメンチャーシュー大盛！　お待ちどうさん！」

沈黙を割りさく逞《たくま》しい腕が、眼前にどんぶりを置く。「ん」と律さんが差し出してくれた割り箸を、「……ありがとうございます」と受け取った。

ぱきりと割って差し込み、引き出した縮れ麺の白い湯気を吹く。

（……律さんになら、いいかな）

どんな情報を得たとて、律さんは絶対に黛さんを陥れるようなことはしない。

だって律さんは、いつだって黛さんを尊敬していたから。たぶん、今も。黛さんは、気付いてないようだけど。

それにきっと。淡い期待に、私は胸前で小さく拳を握る。

律さんなら、このモヤモヤとした感情に答えをくれるかもしれない。

なぜなら律さんもまた、私なんかとは比べ物にならないくらい長い間、その手腕に『黛千草』の名を貼りつけていた人だから。

私はとろりとしたチャーシューをごくりと飲み込んで、箸を置いた。

「……三階を任せてもらえました。けど、デザイン画もまだ全然、ＯＫもらえてなくて」

「……やっぱり、三階か」

「え？」

「施設のメインターゲット層を狙った階だからね。千草の担当エリアの中で、二番目に重要なフロアだよ。ちょっと言い方が悪くなるけど、任せるとしたら一番信用が置けて、一番コントロールしやすい子になるだろうからね」

「コントロールしやすい……」

「些細な齟齬《そご》が大きな失敗に繋がるってのは、夏江ちゃんも良く知ってると思うけど、特に、『黛千草』を守るためにはさ。求めたアクションが正確に返ってくるっていうのは、思っているより貴重で、誰にでもできることじゃない。だって望まれているのは『黛千草』の作品だからね。その名を付けられるだけの、知識量と技術がなきゃ。そういう点においても、千草は夏江ちゃんを高く評価しているんだと思うよ」

（……千草さんが、私を高く評価している）

嬉しい、気もするけど、今の私はどうにも素直に喜べない。

だってつまり結局は、『アシスタント』としてだから。いや、入所時を振り返れば、そこまで信頼してもらえるまでに成長できたってだけで、喜ばしいのだろうけど。

「ごめんごめん、そんな顔をさせるつもりじゃなかったんだけど。ほら、ラーメン伸びるよ」

言いながら背を軽く叩かれ、私は「あ、すみません」と再び箸を持った。

律さんは最後のスープまで綺麗に飲んで、

「でもさ、デザイン画からやらせてもらってるんでしょ？　正直ちょっと意外でさ。てっきり全部、千草が描くもんだと思ってたから。凄いじゃん、夏江ちゃん。そりゃ千草も簡単には頷かないって」

「……そう、だとは思うんですけど……なんていうか、行き詰ってて」

オブジェの土台となるアイアンスタンドや花の発注を考えると、そろそろタイムリミットのはず。本当なら、こんな風にうじうじ悩んでいる猶予《ゆうよ》もない。

注ぎ足したお冷をくっと呷った律さんが、少し考えるような素振りをした。

「そのデザイン画って、見せてもらってもいい？」

私は一瞬迷ったが、首肯してバッグからクロッキー帳を取り出した。どうぞ、と差し出す。

手をおしぼりで拭き、椅子を引いて受け取った律さんは、それまでと打って変わり真剣な面持《おもも》ちでページをめくり始めた。程なくして、怪訝《けげん》そうに眉を顰める。

「これ、本当に夏江ちゃんのデザイン？」

「そうですけど……。そんなに酷いですか？」

「ああ、ごめん。そういう意味じゃなくって……。ああ、そっか。これ、無理やり『黛千草』に寄せようとしてるのか」

瞬間、心臓が跳ねた。

「千草の指示？　って、聞くまでもないか」

肩を竦め、苦笑交じりに返されたクロッキー帳。

「そうだよね。てっきり……うん、勘違いしてた。この間のレストランの件といい、夏江ちゃんはいい発想力を持ってるのに、勿体《もったい》ない」

慰め、なんだろうけど。肯定する言葉が、心のでこぼこにじんわり染み込んでく。

不意に滲んだ眼奥の熱さを逃そうと、私はクロッキー帳を握る手に力を込めた。そして尋ねる。

「律さん。どうしてウチを辞めちゃったんですか。私、入社した時からずっと、お二人は親友なんだと思ってました。それなのに……」

律さんの退社を知る数週間前。深夜のオフィスで二人が言い争っていたのを覚えている。けれどあの二人が意見をぶつけ合うのなんて、珍しい光景でもない。いつものことだろうと特に気に留めずにいた私は、ドアの開いた黛さん専用のアトリエから届く声を聞き流しながら、返却用の花器をせっせと梱包していた。だけど。

「そう、意地でも私の勘違いにしたいのね！」

突如飛び込んできた黛さんの怒号に、肩を跳ね上げ息を潜める。なんだかいつもよりヒートアップしているような……。

「なら、このデザイン画はどう説明するつもり？」

「だから、気に入らなかったのなら書き直すって」

「書き直す？　このまま何度書き直したって、結局は同じでしょう？　アナタが持ってくるのは、一寸も違わない〝黛千草〟のデザインだけ。私はね、〝律〟の最善を持ってきなさいとオーダーしているのよ。もう数か月も前から。なのにあんたはちっとも応えてこない。それどころか、私の勘違いですって？」

「だから、これがアタシの最善なんだって」

「このデザインのどこが〝律〟だって言うのよ！」

「千草」

咎《とが》めるような低い声に、黛さんが押し黙る。

「……少し、冷静になりなよ。ここは〝黛千草〟のオフィスで、アタシはその〝アシスタント〟だ。……〝黛千草〟は徹底したコンセプトの順守によって、ブランド化させる。アタシはそう、千草から聞いたよ。千草が求めるべきは、守らないといけないのは、〝黛千草〟の最善だよね？　そこに〝アタシ〟は必要ないはずだ。いや、在っちゃいけない」

そうだよね、千草。

律さんの、優しくもどこか有無を言わせない明瞭な声が、黛さんを黙らせる。

結局、黛さんは納得したのか、二人の言い争いはそこで止んだ。

あの時私は、二人が同じように特別な熱情を持って〝黛千草〟を育てているからこそ、律さんは譲らず、黛さんもそれ以上は追求しなかったのだと思った。

きっと、いつまでも。それまで二人がそうしてきたように、互いに悩んで、ぶつかって、それでも最後には笑い合って。手を取り合っていくのだと信じて疑わなかった。

なのに。

「……黛さんを、裏切ったんですか」

どこか責めるような口調になってしまった私に、律さんはふと目元を和らげた。駄々をこねる幼子を見るような優しい目をして、静かに答える。

「裏切ってなんかないさ。そもそも、勉強の一環として千草に雇ってもらってたんだ。十分学んだから、学び舎《や》を去った。それだけだよ。千草は私を疎《うと》んでいるだろうけど、私は今でも千草が好きだし、尊敬してる」

厳しくも優しい、良く知った〝先輩〟の瞳が私をまっすぐに捉える。

「私はさ、誰かの花を手助けする〝アシスタント〟じゃなくて、自分で花を活けて表現するフラワーデザイナーになりたかったんだ。今歩んでいる道は、私が選んで求めた道。だから苦労は多いけど、とてもやりがいがあるし、決断に後悔はないよ。……夏江ちゃんは、なりたかった自分になれてる？」

「っ、……私、は」

「ごめん、追い込みすぎたね」

もう〝先輩〟じゃないのに、お節介だったね。そう笑んだ律さんは箸を置いて、背に置いていたハンドバッグから小さなケースを取り出した。

名刺入れだ。一枚を取り出して、私に差し出す。

「これ、私の名刺。渡せてなかったからさ」

「……ありがとうございます」

(律さんの、名刺)

受け取ったそれには、〝フラワーデザイナー〟の文字。

「あー、美味しかった！　ごちそうさまでした。それにしても、やっぱりラーメン食べると熱くなるねー」

言いながら律さんは更に、バッグから何かを取り出した。

(……扇子？)

広げられた扇面は淡い緑色で染められていて、パキッとしたオレンジと黄色のガーベラが印象的だ。

「……素敵な扇子ですね」

見惚《みと》れるようにして呟くと、律さんは扇《あお》ぐ手を止め、待ってましたと言わんばかりに双眸を細めた。

「でしょ？　夏江ちゃんなら、食いついてくれると思ったよ」

「食いつくって……」

「ああ、食べながら聞いて。実はさ、北鎌倉に『嘉風神社』ってところがあって、それはまあなかなか〝味のありすぎる〟神社でさ。で、そこの『嘉風堂』っていう社務所で、ちょっと変わったお守りとして扇子を頒布してるんだよね。しかも完全オーダーメイド制。

逆に言えば、扇子しかないの。少しお高いんだけどさ、完全オーダーメイド制だし、なんでもそれが『神様に願い事を届ける扇子』だって聞いたから、私もちょっと行ってみたんだ」

「律さんが？　そういうの、好きでしたっけ？」

「……ちょっとね。その時はとにかく、何かに縋りたくて」

「………………」

あの時だ。独立の件で、黛さんと揉めていた。

察した私に気付いたのか、律さんは苦笑交じりに「まあ、あれも〝通過儀礼〟だからね」と肩を竦め、

「今だから言えるけど、あの時、実はまだ少しだけ迷ってたんだよね。オフィスを抜けて、本当に一人でやっていけるのかなって。〝無名〟の苦労は千草の側で嫌というほど見てきたから、またイチから……今度は『私の花』だけで、仕事を取っていかなくちゃならないんだって思うと、ちょっと怖くて。確かに自由は少なかったけど、千草と一緒に仕事をするのは楽しかったし、もうこのままサポートに専念するのもありなんじゃないかとか……。まあ、未練だよね。けどこの扇子を受けた時、それまでの不安や葛藤が一気に吹き飛んだんだ。お陰で今、こうしてあの神社で祈った『独立』を手に入れた。少なくとも、私にとってコレは確かに、『神様に願いを届ける扇子』になったってワケ。……夏江ちゃん、ガーベラの花言葉って覚えてる？」

「ええと……確か、『希望』に『常に前進』だったような」

「そう、正解。そのふたつの言葉が、煮え切らない私の背を押してくれたんだ。まるで神様の風、みたいにさ」

扇子を見つめる和らいだ瞳が、ふと、私を映した。

「夏江ちゃんも、どうしようもないくらい行き詰まったら、行ってみるといいよ。きっと、力になってくれるから」

パチリと飛ばされたウインク。私がぽかんと大口を開けている間に、律さんは扇子をバッグにしまいながら立ち上がり、

「それじゃあ、今度は日比谷でね」

注文票を二枚手にして、行ってしまった。レジで店員さんを呼び会計を済ますと、振り返り、私へ軽く手を振ってから店を出ていく。

私はその姿が完全に見えなくなってから、再びラーメンと向き合った。

――なりたかった自分。

ここ数年、とにかく黛さんのオーダーに応えようと、ただただ必死に走り回っていた記憶しかない。

抱いていた夢なんて、すっかり忘れてしまった。今だって、焦燥が思考のほとんどを占めていて、上手く思い出せない。

「……私は、どうなりたかったんだろう」

呟きに、湯気がゆらりと形を変える。

(……嘉風神社、か)

神様に願い事を届ける扇子、なんて。

律さんはああ言っていたけれど、本当に効果があるのだろうか。律さんだから、上手くいっただけじゃないのだろうか。デザイン画ひとつ、満足に認めてもらえない私なんかが手にしたところで……。

「っ、のびちゃう」

胸中に渦巻く息苦しさを押し込むようにして、私は一人、ラーメンをすすった。

＊＊＊

それは、本当に突然だった。

細々とした事務仕事をしながらデザイン画に線を増やしていた昼下がり、黛さんから呼び出しを受けた。

手を止め、同じフロア内にある黛さん専用のアトリエに入る。ガラス張りになっているその部屋にはブランドもあるけど、よほど重要な会議や来客でもない限り、基本的に上げられたままだ。

私に気付いた黛さんは、座り心地の良さそうなふかふかのオフィスチェアに背を預け、

「はい」と白い用紙を差し出した。

なんだろう。疑問に思いながら受け取る。

理解した瞬間、心臓が縮んだ。

デザイン画だ。描かれているのは、ハート型のオブジェいっぱいに敷き詰められた、真っ赤な――。

「スイートピー？」

「三階のオブジェ、それでいくから」

「……え？」

「わかるでしょ？　もう待てないのよ。仕方がないから、私が考えました。細かい品種は任せるわ。スイートピーは認知度も高くて華やかだし、香りもフロアのコンセプトの邪魔にならなくて最適だわ。使うのは三分咲きから八分咲きまでの花ね。それで、花弁にはランダムに8㎜のスワロフスキーを散りばめて……」

ちゃんと聞かなきゃいけないのに、指示する声が次第に遠のいていく。

――間に合わなかった。

畳み掛けるようにして、どうしてダメだったんだろう、とか、私に任せてくれたんじゃ、とか。ぐるぐると渦巻く疑問に、飲み込まれてしまいそう。

「……ってことだから。いいわね、倉門。後は任せたわよ」

「！　は、はい……」

反射のように返事をして、私は黛さんのアトリエを出た。

なんだかまだ、視界がぐわんぐわんと歪《ゆが》んでいる。

「えっと……なんだっけ。三分咲きから八分咲きで、スワロフスキーと……」

脱力するように自席に腰掛けた私は、必死に黛さんの指示を思い出そうと頭を抱えた。

わかってる。スケジュール的にギリギリだったってことも、今日まで黛さんの満足いくデザインを出せなかった、私の力不足が原因だってことも。

わかってる、はずなのに……どうしてこんなにも、胸がぐちゃぐちゃなのだろう。

顔を伏せて、即座に涙を拭《ぬぐ》う。泣いている場合じゃない。それよりも早く指示をまとめて、これからに向けて動き出さないと。

集中しようとすればするほど、なぜだか上手くいかなくて、結局私は体調不良を理由に早退を願い出た。

幸い、黛さんは私への指示を終えた後に外出していて、そのまま出先から直帰の予定になっている。メールを送ると、手短に「わかりました」と返ってきた。

他のスタッフも事情を察し、「今日くらいは休んで」と快く見送ってくれた。すみませんと頭を下げて、オフィスを出る。

（コンビニ、寄ろう）

甘いスイーツもお菓子も好きなだけ買って、気が済むまで食べたら、ゆっくり湯船に浸かってたくさん寝る。

そうすれば、大丈夫。また走り出せる。

これまで何度も繰り返したお決まりのチャージ方法に思考を馳せ、泣き崩れたい衝動をぐっとこらえる。

刹那。律さんの声が頭に響いて、足を止めた。

「……神様に願い事を届ける、扇子」

たしか、名前は『嘉風神社』。急いで取り出したスマホで、検索をかける。

ここから鎌倉まで、電車で約一時間。今なら、陽が落ちる前に参拝できる。

――行こう。

微かな希望に縋《すが》りたい一心で、私は帰路から駅へと行く先を変えた。

＊＊＊

「……なるほど。確かにこれは〝味のありすぎる〟……」

よくある鎌倉特集で有名な小町通りや鶴岡八幡宮周辺とは違い、少しでも地図を読み違えたら迷ってしまいそうな細道に、その神社はあった。

空高く伸びた竹林のせいか、なんだかこの周辺だけうっそうとしている。神社周辺と外界とを隔《へだ》てる、鉄の壁みたいだ。

唯一の突破口は、真っすぐに伸びた細い参道のみ。恐る恐る近づいてみると、敷かれた石畳はどれもごつごつとしていて、あちこちが欠けている。

数メートル先には、朽ちかけた鳥居。

「……まさか、妖怪とか出てこないよね」

とっくに成人を迎えた大人が馬鹿馬鹿しいとは思うが、どうにも〝万が一〟を疑いたくなってしまう。

(どうしよ……)

もう一度スマホの地図と、これまた年季の入った石碑を確認する。

うん、やっぱり間違いない。ここが『嘉風神社』だ。

(……律さんが勧めてくれたんだもん。変なことは、ないはず)

それに、このまま帰っては時間とお金の無駄になってしまう。

私は「よし！」と自身を鼓舞《こぶ》して、参道へと歩《ほ》を進めた。

ひんやりとした空気と、湿った土のにおい。塗装がはげ、ところどころ木肌が剥き出しになっている鳥居の前で一礼してから、くぐる。

手水舎《ちょうずや》は、右手側にあった。向かうと、清めの作法が書かれた木札が掲げられている。

(……これ、口に入れて大丈夫かな)

迷いながらひしゃくを手にした私は、思わず「あれ？」と声を出した。

竹製のそれは定期的に変えているのか、まだ新しい。よく見れば、古さの目立つ水盤もきちんと磨かれていて、苔《こけ》はおろか浮遊物ひとつない。

どうやらこの神社は人を遠ざけるビジュアルに反し、常に誰かの手が入っているらしい。気付いた途端、竹筒から流れ落ちる水が妙に透き通って見えて、私は作法通りに両手と口を清めた。

「これでオッケーっと」

バッグから取り出したハンカチで水滴を拭い、社殿へと歩き出す。

年月を感じさせる、木造のお社《やしろ》。なだらかな曲線を描いて左右に広がる屋根の中央からは、一本の鈴緒《すずお》が垂れ下がっている。

その房《ふさ》を受けるようにして置かれた、木製の賽銭箱。奥には『二礼、二拍手、一礼』と書かれた木札が置かれている。

良かった、と安堵しながら進んでいくと、参道の右方に小さな長屋を見つけた。

窓には全てブラインドが降りていて、中は見えない。関係者用の事務所かな、と思っていた私は、偶然見つけた扉部分の張り紙を読んで足を止めた。

『〝扇子〟、あります。御用の方は、お気軽に中へどうぞ』

（……やっぱり、ここで合ってたんだ）

扉の上部には、『嘉風堂』と書かれた木札。この長屋が律さんの言っていた社務所らしい。

ここに、神様に願い事を届ける扇子がある。

「……先にお参りしたほうがいいよね」

なんせここは神社だ。今すぐ扉を開けたい気持ちを抑え、拝殿に向かい、お参りを済ませる。

……これで準備は整った。

ろくに願い事もしないで何が「整った」のか自分でもわからないけれど、期待と緊張でいっぱいいっぱいだった私は、顔を強張《こわば》らせながら社務所の扉へ向かった。

上部がスモークガラス、下部は木製になっている引き戸で、やっぱり中は窺えない。

本当に入っていいんだろうか。『お気軽に』と書いてあるくらいだし、誰かしらいるのだろう。

私は小さく息を吸い込んでから、そっと引き戸を開けた。

「あのう……ごめんください」

――人がいる。

そう認識したのとほぼ同時に、背を向けていたその人がくるりと振り返った。

青年だ。袴ではなく薄手のニットとスラックス姿で、紺色のエプロンを付けている。

「はい、承ります」

にこりと笑む顔はまだ若い。私より少し下ってところだろう。

少し癖のある柔らかそうな黒髪。背は高いが威圧感はなく、カッコいいというよりは、可愛い感じの雰囲気だ。

「えと、ここで〝神様に願い事を届ける扇子〟を頂けるって聞いたんですけど……」

「あ、はい！　扇子のご注文ですね。こちらへどうぞ」

　彼は店内右側にある、木目調の丸いカフェテーブルに案内してくれた。向かい合うようにして置かれた椅子の片方を引いてくれたので、腰を下ろす。

　きょろりと室内を見渡すと、左方には扇子の飾られた小さなガラスケースがあって、その横に小型の作業台がある。

　この席との間には、長い暖簾のかかった上がり口。

（……なんか、神社の社務所ってよりは、ちょっとしたお店みたい）

「あー……違和感ありますよね、ここ」

「え⁉　あ、いえそんな……」

　机上に小さなファイルを置きながら、青年が対面に腰掛ける。

　彼は苦笑気味に、

「元々はちゃんとした社務所だったらしいんですけど、先代がこの神社を譲り受けた時に自力で改装したって聞いてます。この扇子を授与するからって。なんでも、本来の神主さんがご高齢で跡継ぎもなく、仲の良かった先代に『最低限の手入れだけで後は好きにしていいから』と引継ぎを懇願されたみたいで。結局、折れた先代はあくまで『管理人』ってことで引き受けたそうです。なのでこの神社には、神主はいません」

「へえ……そうだったんですね。でもなんで扇子なんですか？　普通はおみくじやお守りですよね」

「……ちょっと長くなりますけど、いいですか？」

真剣な表情で尋ねる青年に、「あ、はい」と戸惑いながらも頷くと、

「この神社でお祀《まつ》りしているのは〝導きの神〟って言われている猿田彦《さるたひこ》大神なんですけど、元々は〝御猿様〟と呼ばれて地元の人に愛されていた、小さなお社だったそうなんです。その後、鎌倉時代に神仏の保護が始まって一層愛されるようになってから、今の神社の形になったみたいで。で、この時に元寇《げんこう》で起こった神風への信仰とも相まって、『ご加護の風を頂けるように』っていう願いから『嘉風神社』と名付けられたそうです」

（んん、なんだか歴史のお勉強になってしまった……）

元寇とか、そういえば学生時代に使っていた歴史の教科書に載っていた気がする。

うっかり過去へとトリップしかけたけど、青年の「ここからが本題なんですけど」という言葉に引き戻された。

「この由来を知った先代が、『なら、導きの神からご加護の風を頂けるよう、扇子をお守り代わりとして配布しよう！　風に乗せて願いを届けて、御猿様からも〝神風〟を送ってもらえるように』と授与を始めたそうです。なんでも、〝扇〟って昔から神の依《よ》り代《しろ》とされているし、実用性も兼ねていて一石二鳥だと」

「な、なるほど」

「あと、その方が面白いからとも言っていたそうで、現管理人はおそらくそれが一番の本音じゃないかって。それと、この神社を囲っている竹林も決め手のひとつだったみたいで

すね。扇子の芯になる扇骨って竹でできているんですけど、うちの扇子は境内で採《と》れた竹を使っています」

「へえ、あの部分って竹でできているんですね……」

軽い気持ちで尋ねた質問だったけど、うっかり頭が良くなってしまった。

そんなことを思っていると、

「すみません、長々とお話ししてしまって……」

「あ、いいえ！　質問したのは私ですし」

申し訳なさそうな顔をしていた青年が、「お気遣いありがとうございます」と安堵したように笑む。

あ、やっぱり可愛い。って、何考えてるの私！

慌てふためく私の胸中など露知らず、青年は「では、改めまして」と机上に置いていたファイルを開いた。

「うちの扇子は完全オーダーメイド制になっています。扇子の柄《がら》は、管理人がその時のお客様に合った柄を選ぶ『管理人のお任せ』と、お客様自身がご希望の柄を指定される『持ち込み』の二種類で承っています。どちらの方法でお作り頂いても、お客様の仰《おっしゃ》る、神様に願い事を届けるという効能に違いはありません。どちらも〝風〟を起こしますからね。ただし、あくまで届けるだけです。受け取った神様がその願いを成就させようと動いてくださるかどうかは、その御心次第ですね」

「……そうですか」

（ですよねえ……）

手にするだけで〝願いが叶う〟、なんて。そんな夢のような話、信じてたわけじゃない。

……けど。

「ガッカリしました？」

「え⁉」

覗き込むようにして尋ねてきた青年は、苦笑交じりに肩を竦めて、

「ウチの神社、いくら掃除しているとはいえ見た目がああじゃないですか。参拝に来て下さる方って、この扇子の話を誰かから聞いた方がほとんどで。それも大抵、願いが叶う扇子だと思われているんです。なので説明を聞いてガッカリされるのは、もはや恒例行事ですね」

不快感など一切なく、むしろどこか茶化した風に笑う青年。

面食らった私は数秒の逡巡を挟んでから、「……実は、ちょっとだけ」と白状した。

「やっぱり、そうですよね」

青年が同意するように頷く。

「俺だって逆の立場だったら、絶対ガッカリしますもん。とまあ、そういうわけなんですけども、どうされます？　神様に願い事を届ける扇子ですが、お作りしますか？」

（……期待していたのとは違ったけど）

なんとなく、必要な気がする。

律さんが力になってくれると言っていた真意はまだわからないけど、もはや自力じゃ立ち直れそうにない今の私には、〝神様に願い事を届ける〟扇子でも十分だ。

「注文をお願いしてもいいですか？　えと、管理人さんが合った柄を選んでくれるっていう『管理人のお任せ』で」

「ありがとうございます。それではえっと、さっそく管理人を呼んできたいところなんですが……その……」

歯切れの悪い青年に首を傾げると、彼はバツが悪そうに、

「ちょっと、今出てしまっていて……。その、すぐに戻るとは言っていたんですけど！」

「あ、それなら戻られるまで、待たせて頂いてもいいですか」

「すみませんっ！　俺の予想が当たっていれば、そろそろ戻ってくるはずで」

丁度その瞬間だった。私の後ろ側で、扉がガラリと開いた。

青年が表情を崩し、腰を浮かせる。

「っ！　やーっと帰ってきた……！」

「あれ、お客さん？」

深緑色の着物をすっと纏った、薄い髪色の男性。

きょとん、という効果音が似合いそうな表情からは、年齢がうまく読み取れない。

落ち着いた雰囲気からして、私や青年よりはそれなりに上だろう。

綺麗だけど、なんだか少し不思議な空気を持った人だ。

「あれ？　じゃないですよ！　ああー、またそんなに菓子を買い込んで……」

「だって、気が付いたらなくなってたんだ」

「全部！　アナタが食べたんです！　勝手に無くなったみたいな言い方しないでください！　って、それはいいとして、これは俺が片づけてきますから、癸燕さんは早くお客様の対応をお願いします！『お任せ』でご注文頂きましたから」

話しながら青年は大股で歩を進め、癸燕と呼んだその人の持っていた紙袋を奪った。

おお……なかなか豪快な。

仲が良い兄弟みたいだなーと見ていた私を、青年が「すみません」と振り返る。

「今、お茶をお持ちしますね」

青年は靴を脱いで、暖簾がかかった上がり口から奥へと姿を消してしまった。

どうやらどこか可笑しそうにクックク ツ笑うこの人が、管理人さんで間違いないようだ。

先ほどまで青年が座っていた席に、彼が腰掛ける。

「お待たせしてしまったみたいで、すみません。管理人の嘉染癸燕です」

「あ、倉門夏江です。たった今注文のお願いをしたばっかりなので、全然大丈夫です！」

「お気遣いいただき、ありがとうございます。うちの扇子のことは、どちらで？」

「えと、昔……いえ、お世話になっている先輩に勧められて」

「そうでしたか」

嘉染さんは納得したように頷き、次いで探るような眼で私をじっと見た。

薄い、茶色の瞳。美丈夫慣れしていないせいか思わず、うっ、とたじろぐと、嘉染さんはふわりと双眸を和らげた。

「……そうですね。今回は、花の柄が良さそうだ」

「！　どうして……」

「貴女からは、花の香りがする」

香り？　でも、今日は一度も花に触れていない。

衝撃と疑問に瞬きを繰り返す私に、嘉染さんがにこりと微笑んだ。私の戸惑いを受け止めたような笑みだ。

「お花屋さん……とかなのかな。なにか、身近に花がある生活をされているでしょう？」

「……フラワーデザイナー、を目指している最中で、今はアシスタントをしてます」

「ああ、なるほど。それで」

「あの、でも香りって……」

「ああー、それなんですけど」

言葉を引き取ったのは、嘉染さんではなく戻ってきたあの青年だった。手にしたお盆には、湯気の立つ湯呑《ゆのみ》がふたつ乗っている。

青年は器用に足先だけでスニーカーを履きながら、

「この人ちょっと特殊で、普通の人よりいくらか察しがいいんです。ええと、第六感って聞いたことあります？」

青年が「どうぞ」と湯呑をひとつ置いてくれる。

「俺には花の香りなんてちっとも感じ取れません。なので、安心してください」

つい、「あ、はい」なんて答えてしまったけど、正直まだ理解が追い付いていない。

そんな私の困惑など露知らず、青年から湯呑を受け取った嘉染さんは「ありがとう」と嬉し気にお茶を含んだ。

途端、青年がキッと眉を吊り上げる。

「ありがとう、じゃないですよ！ だからあれほどお客様にはきちんと説明しないとって何度も……！」

「だって、僕より充晴のほうが説明が上手だから」

「確かにそうかもしれないですけど！ びっくりされるでしょう？」

どうやら青年は、充晴さんと言うらしい。

充晴さんは「まったく、カラー表すら持って行ってないなんて……」と不満げに呟きながら、作業台の下からファイルを二冊取り出した。ニコニコと見ていた嘉染さんに、「はい、お願いします」とファイルを差し出す。

「うん、ありがとう」

慣れた様子で受け取った嘉染さんは、私に向き直り、ファイルを机上に広げて視線を落とした。

「扇面の色は後で好きなのを選んでもらうとして、先に描く花なんだけど」

パラパラ捲《めく》られていくファイルには、様々《さまざま》な種類の花の絵。どうやらこのファイルには、草植物のサンプルイラストが収められているようだ。

「ああ、あったあった」

手を止めた嘉染さんが、ある花を指で示す。

瞬間、息を呑んだ。

「……っ、スイートピー」

「さすが、よくご存知で」

正解だと頷く嘉染さんの横から、充晴さんが「へえ」とファイルを覗き込む。

「スイートピーって、赤だけじゃないんですね」

「あ、そうですね。白、ピンク、黄色や紫。品種で言うと百種くらいある花なんで、色もそれだけ豊富なんです。って、ごめんなさい」

思わず。咄嗟《とっさ》に口を覆った私を見て、充晴さんは不思議そうな顔をした。

「なんで謝るんですか？　そうなんだ百種も……花ってすごいなあ。勉強になりました」

本当に感動しているのか、その目はキラキラと輝いている。

うん、やっぱり可愛い。それと、いい人だ。

「気に入ってくれました？」

「へっ⁉」

「スイートピー。花の色は数色入れて、扇面の右下に……ああ、こんな風に、ブーケのようにまとめて描く感じで」

（あっ、ですよねー！）

うっかり充晴さんのことかと思ってしまった……恥ずかしい。

「あれ？　なんか顔が真っ赤ですけど、大丈夫ですか？」

ひょこりと心配そうに顔を覗き込んでくる充晴さんに、

「だ、大丈夫です！　お気になさらずにっ！」

私は慌てて手を振って、目の前のサンプルイラストに意識を集中する。

クスクスと、控えめながらも可笑しそうに笑う声がした。嘉染さんだ。バレた、と一瞬心臓がヒヤリとしたが、彼は弧を描く口元に指を添えながら「さて、どうかな？」と小首を傾げた。

……バレてない。というより、敢えて言及せずって感じがする。

ありがたい。私は真面目な顔を取り繕《つくろ》って、「素敵だと思います」と頷いた。

うん、実際、本当に素敵だと思う。

「では、花はそれで決めてしまいましょう。次は、地紙の色を選んで頂きましょうか」

続いて開かれたファイルには、色のついた小さな扇子の絵がずらりと並んでいる。

あ、わかりやすい。嘉染さんが「直感で良いと思ったものを」と言うので、私はほんの数秒で淡い黄色のグラデーション染めを指さした。

色とりどりのスイートピーを邪魔しない、それでいて、見ているとなんだか心が安らぐ色。

私達のやり取りを見守りながら用紙に記入していた充晴さんが、バインダーから紙を外し、ペンを添えて私の眼前に置いた。

「では、すみませんがこちらに必要事項の記入をお願いします。それと、この場で初穂料一万円をお納めいただくことになりますが、大丈夫ですか？」

「はい。あの、扇子はいつ頃受け取れますか？」

「二週間後には出来上がりますので、その頃にまたお尋ね頂ければ。難しいようでしたら、郵送も可能ですが……」

……二週間後。

（ちょうど例の仕事が入っている週だ……）

プレオープンは金曜。土曜日以降も視察と調整のため、現場に赴くことになる。

きっと暫《しばら》くは、取りに来る時間など取れないだろう。

（……あの仕事の時には、持っていたかったんだけどな）

でも、仕方ない。デザインのメモが書かれた用紙に名前と住所、それと連絡先を記入して、こっそりと息をつく。

「……出来ました」

充晴さんに用紙を渡し、受け取りが遅くなっても問題ないか尋ねようとすると、それま

で静かにお茶を啜っていた嘉染さんが、

「なにか、不都合がおありで？」

「！　あ、いえ……その、ちょうど出来上がりの週には大きな仕事がありまして。取りにくるの、少し遅くなってしまっても平気ですか？　……本当は、その仕事の時に持てたら心強かったんですけど」

「なら、そのお仕事に間に合うよう、直接届けましょうか。いいよね、充晴」

「へ？」

素《す》っ頓狂《とんきょう》な声が出た。

え、だって今、なんて？

私の記入個所を確認していた充晴さんが、「でたよ、この自由人……」と嘆息交じりに呟く。

「だって、大事なお客様が、ウチの扇子を晴れの舞台にご所望《しょもう》なんだよ？　なら、是非ともそうさせてあげるべきじゃない？」

「それはそうですけども……」

「そ！　そんなっ、平気です！　私の我儘《わがまま》でご迷惑をおかけするわけには……！」

「それにね」

意味ありげに細まる双眸が、慌てふためく私を制した。

「貴女《あなた》の言う通り、きっと、必要になる。だからね、充晴。これはえーと……そうそう、管理人命令だよ」

「っ」

どうしよう。縋るような心地で充晴さんを見遣る。

と、彼はげんなりしつつも、「はいはい、俺は雇われの身ですからね。謹んでお受けさせて頂きますよ」と了承を返してしまった。

「……うん、問題なし」

用紙から視線を上げて、すまなそうに眉根を寄せる充晴さん。

「すみません。こーゆーことなんで、扇子を運ばせてもらってもいいですか？　もちろん、お時間は合わせますし、場所は都合の良いところを指定して頂いて構いませんので」

「……本当にいいんですか？」

「はい。というかむしろ、すみません。ウチの管理人がご迷惑をおかけして……」

頭を下げる充晴さんに、私も急いで「いえ！　こちらそすみません、ありがたいです」と頭を下げた。

嘉染さんにも礼を告げ、一万三千円を納める。扇子は一万円だったけど、せっかくならと奮発して扇子袋も付けたから。

「扇子袋は撥水加工を施してありますので、予期せぬ水滴や汚れから扇子を守ってくれますよ」

そんな説明を受けたら、「お願いします」の一択しかない。

用紙とお金の入ったトレーを手にした充晴さんは、

「あ、俺の連絡先教えておかないとですよね。すみません、ちょっと待っててください！」

駆け上がるようにして、またあの上り口から奥へと消えていってしまった。

急いでくれているようで、バタバタと忙《せわ》しない足音が聞こえてくる。

（……来てよかったな）

なんだか、楽しかった。そのおかげか、随分と心が軽い。

「……ご参拝では、きちんとお願い事をお伝えできました？」

「っ、えと」

「きっと、扇子のことで頭がいっぱいだったのでは？」

柔らかく笑む嘉染さんの双眸は、やっぱりお見通しだと語っている。

「……はい」

嘘をついたって仕方ない。観念したように小さな声で肯定すると、嘉染さんは怒るでもなく「それなら」と静かに切り出した。

「お帰りになる前にもう一度。今度はきちんと、お伝えしていってください。願いがないからには、扇子も届けようがないですからね。常なら、願い忘れた方には、後ほど扇子をお受けになられる際にとお伝えするのだけど、今回は充晴が届けますから」

そうだ。そもそもこれは、〝神様に願い事を届ける扇子〟だった。

（――私の、〝願い〟）

今度の仕事が上手くいきますように？　それとも、立派なフラワーデザイナーになれますように？

願いたい事はたくさんあるはずなのに……。

なんだか思考がぐちゃぐちゃで、よくわからなくなっている。

気付かず落とした視線。不意に、柔い声が耳を撫でた。

「スイートピーの花言葉は、ご存知で？」

「花言葉……ですか？」

「『ほのかな喜び』や『優しい思い出』という意味もあるんですが、今回選んだ理由はそちらじゃなくて」

全てを見透かす薄い瞳が、私を閉じ込める。

「『別離《わかれ》』と『門出』」

「っ！」

「花弁がね、蝶の飛び立つ姿に見えることから、飛躍するという意味もあるみたいで。だから何か節目を迎えて『別離』をする人に、『門出』を祝う花として好まれるそうですよ」

嘉染さんはゆっくりと湯呑を傾け、静かにお茶を飲み干した。

「……私が、『別離』を選ぶような節目にいるってことですか？」

「それはきっと、貴女のほうがよくわかっているのでは？」

「っ、それは……」

「お待たせしました！」

まさにナイスタイミング。

少し息をきらした充晴さんが上がり口から降りてきて、小さなカードを差し出した。

「これ、俺のメールアドレスです。都合のいい時間と場所を連絡してもらっていいですか？」

「あ、ありがとうございます……」

「あれ？　そういえば、なんでスイートピーなのかって話がまだでしたよね？」

「あ……今、聞きました！」

充晴さんの確認するような視線を受けた嘉染さんが、にっこりと笑みながら首肯する。

が、充晴さんはますます不安そうにして、

「大丈夫でした？　ちゃんと納得いく説明を受けました？　あの人、基本的にふんわりざっくりなんで、わからないことがあれば遠慮なく言ってください！」

「だ、大丈夫です！　ちゃんと……理解はできました」

「そうですか。なら、いいんですけど……。では二週間後に、お伺いさせていただきますね」

もう遅いですから、お気をつけて。扉を開けてくれた充晴さんが、一緒に外に出て見送ってくれる。

やっぱり優しいなあ。私はお礼を告げてから、へらりと笑って充晴さんを見上げた。

「実は……さっきの参拝では上手くお願いが出来ていなくてですね。扇子のお届けをお願いしてしまったので、帰る前にもう一度、ちゃんと願いをお伝えしていってくださいって嘉染さんにアドバイス頂いたんです。なので、行ってきますね」

「そうだったんですか。それじゃあ、気が散ってもいけないんで、俺はこれで失礼させて頂きますね」

そう言って頭を下げる充晴さんに、私も頭を下げる。中に戻った彼が完全に扉を閉めるのを見届けてから、私は社殿に向かって歩き出した。

（……お願い、かあ）

なんとか絞りだそうとうんうん唸っていると、ふと、脳裏に嘉染さんの言葉が浮かび上がった。

『別離』と『門出』。

引き出されるようにして、黛さんの姿が過る。

「……今のオフィス、やめろってことなのかな」

でも、やめてしまって、それから？

別の職を探す？　うん。まあ、それもいいかもしれない。

花とは全然関係ない、もっと自由のきく職場を探して、休日には友達と優雅なランチとショッピングに勤しむ。

華やかでお洒落な生活。新しい私の門出。

(でも、本当に私は、そんな日々を望んでいるのかな)

辞めるということは、捨てるということだ。

これまで学んだ知識も、手をボロボロにしながら身につけた技術も。そして何より、黛千草の信頼を。

「……」

自分の本心すら定まらない私は、もう一度参拝したところで、もう少し待ってください、とお願いするしかなかった。

＊＊＊

「倉門！　花の郵送方法と時間の最終確認は？」

「あと半分です！」

待ちわびる暇もなくあっという間に二週間が過ぎ、例の大仕事を二日後に控えたオフィスは、最終準備に追われていた。

連日の泊まり込みで、体力も気力もギリギリ。それでも些細なミスが命取りになるとあって、神経を尖らせる。

乾燥にしぱしぱする目を皿にして、発注伝票を確認してはリストにチェックを入れてい花は繊細だ。どんなに見事な花を仕入れたって、活けるまでに傷んでしまっては元も子もない。

最後のチェックをいれた刹那、ポケットに入れていたスマホが震えた。

——来た。

私は緊張を必死に押し殺しながら、「終わりました！　問題ありません！」と声を張り上げて報告する。

他のスタッフと共に当日の割り当てとタイムスケジュールを確認していた黛さんが、軽く視線を上げ「わかったわ」と頷いた。

「そのまま資材のチェックもやっちゃって」

「はい！　……あの、その前にちょっとコンビニに走ってきたいんですが」

「……いいわ。行ってきなさい」

（やった……！）

無事、外出のお許しを頂いた私は、「ありがとうございます！」と頭を下げて自身のデスクに駆け寄った。

メイクはほとんどしていないに等しいけど、仕方ない。リップクリームだけサッと塗って、手早く髪を結び直していると、方々から「おにぎり買ってきて！」「私、チャージ飲料！」「お菓子！」とリクエストが飛んでくる。

コンビニに出かけるものは、買い出し担当。このオフィスの暗黙のルールだ。

「了解です！」

くたくたのトートバッグに財布とスマホを投げ入れ、あくまで直ぐに戻る為を装って、オフィスを飛び出す。

エレベーターを待つ間も惜しくて、私は階段で三階から一階まで駆け下りた。

向かうのは、オフィスの入るビルから数十メートル先。スタッフ御用達《ごようたし》のコンビニ前に、周囲を見渡す一人の青年の姿が見えた。ボディバッグを背負い、小さめの紙袋を手にしている。

充晴さんだ。こちらを向いた彼は、私に気付いたらしい。不安気な顔をパッと咲かせ、会釈した。ちょっとドキリとしたのは内緒だ。

「すみません、お待たせしました」

「いえ、むしろお忙しいところお邪魔してしまって……。大丈夫ですか？」

ぜーはーぜーはーと繰り返しながら、私は「だ、大丈夫です！　いつものことなんで！」と笑んでみせる。

「あの、遠いところ来てくださったのに申し訳ないんですが、あまり時間を取れなくて……」

「そうですよね。早速ですが……これが本題のお品です」

そう言うと充晴さんは紙袋から小箱を取り出し、丁寧に蓋を開いて箱の下部に重ねた。

中には静かに眠る、閉じられた扇子。横には落ち着いた山吹色の布袋が添えられている。

「どうぞ、ご確認ください」

差し出された小箱に手を伸ばし、緊張に強張る指先でそっと扇子を取り出した。胸の高鳴りを覚えながら、慎重に広げる。

「……綺麗」

感情がそのまま、声に出た。

淡い黄色に染められた扇面の右下に、大小と色を変えたスイートピーが束ねられている。注文通り、なのだけど、実物はサンプルイラストより何十倍も美しく上品で、なんというか……ずっと見ていられる。

「気になるところ、ありませんか？」

「ない、です。というか、本当、素敵で……！」

感動に勢いよく見上げる。と、充晴さんはふわりと頬をほころばせ、

「よかった。喜んでもらえて」

心臓が、盛大に跳ねた。

（つ、違う違う！　これは別に、そーゆーのじゃなくて、つかの間のオアシスというか条件反射みたいなもので……！）

胸中で必死に言い訳を並べていると、充晴さんは「それじゃあ、俺はこれで」と小箱を収めた紙袋を手渡してくれた。

「お忙しいところお邪魔してしまって、すみませんでした」

「あ、こちらこそっ、ありがとうございました！」

大切にします、と扇子を両手で胸に抱き寄せる。充晴さんは嬉しそうに笑って、

「是非、そうしてあげてください。失礼します」

会釈して、背を向けた彼が去っていく。

が、数歩進んでから、不意に立ち止まり、

「……あの、ひとつだけいいですか？」

「はい？」

「さっき……倉門さんがここに来てくれたとき。お仕事すっごく忙しくて大変だろうなって思ったんですけど、それだけじゃなくて、楽しそうだなとも感じたんです。店でスイートピーの話をしてくれた時も、表情が、すごく花が好きなんだなって伝わってきて。その……あー、ダメだな。上手く言えなくてすみません。あの、ウチの管理人に言われたからって無理やり決断をするんじゃなくて、ちゃんと、倉門さん自身の心と向き合ってほしいんです」

「！」

「日曜日のオープニングイベント、嘉染さんと一緒にお伺いさせて頂きますね！　楽しみにしています」

取り繕った顔で笑んだ充晴さんは、「お願い、叶うといいですね」と会釈して、今度こ

そ帰路へ向かって歩き出した。

——心と、向き合う。私の心と。

充晴さんは、私が楽しそうだと言った。花が好きなんだとも。

そうだ。なんだかんだいって、私は今の仕事が楽しい。

花を知って、花を生けて、出来上がった世界を見て。沢山の人が、満開の花弁のように笑顔を咲かせる。

「……やっぱり私には、捨てられないよ」

今まで学んできた知識、培《つちか》ってきた経験。フラワーデザイナーになりたいと思った、あの時の羨望。

「……そうだった」

手の内の扇子を見つめて、私はぽつりと呟いた。

そうだ。思い出した。さっきの、この扇子を手にした時の、高揚感。

初めて『黛千草』を知った時と同じだ。

昔から花が好きで、なにか花に関わる仕事ができたらという願望だけを漠然と抱いていたある日。なんとなしにつけていたテレビに、『黛千草』の花が映った。

鳥肌が立った。暗示をかけられたかのように目が離せなくなって、魅せられたのだと気付いた時には、フラワーデザイナーになろうと決めていた。

強く強く憧れた。あの人に。オフィスでの採用が決まったとき、嬉しすぎて、信じられなくて、幸せを噛み締めながら涙を流した。

フラワーデザイナーに、なれると思った。大好きな、あの人の側で。

（そうだ。私の望む〝願い〟は）

私も黛さんのように、花で人を感動させたい。いくら大好きな彼女の側が許されようと、アシスタントという名の影武者になりたかったわけじゃない。

「――っ！」

風が吹く。

私は扇子を箱に収めトートバッグに入れてから、急いでスマホを取り出した。

アドレス帳から目当ての連絡先を開いて、即座に通話をタップする。

忙しい人だ。出てくれないかもしれない。そう思いながらも、急く感情は止めらない。

コール音は三回、四回。五回目の鳴り始めで、フツリと途切れた。

『――夏江ちゃん？』

出た。私はスマホを握る手に力を込める。

「っ、律さん。お願いがあります」

＊＊＊

「いい？　この仕事の結果が、私達のこれからを決めるんだからね。絶対にミスをしないように、全員気を引き締めて取り掛かってちょうだい！」

揃いの白シャツと黒のスラックスに身を包んだ黛さんが、「解散！」と手を叩く。それを合図に、私たちはそれぞれ与えられた持ち場に向かった。

私の手には、二週間前に与えられた例のデザインスケッチ。三階のエスカレーター前に着くと、そこには既に発注通りの見事なスイートピーがバケツに入っていた。

その横でひときわ存在感を放つ、私の身長ほどある梱包材の塊は、モニュメントの土台となる特注のアイアンスタンドだ。

形状からして、こちらも発注通りで問題なさそうだ。私はそっと腰に右手を遣り、フローリストケースに差し込んだ扇子に触れた。

もう、後戻りはできない。

下唇をくっと噛み、デザイン画を四つ折りに。フローリストケースのポケットに押し込んで、梱包を解くためカッターを抜き取る。

大丈夫、やれる。

目を閉じて、深呼吸を一回。

「……よし！」

全てを振り切り瞼を開けた私は、気合いを入れて梱包材を取り払った。

あれは、初めて一人の担当をもらえた時だ。

渡されたのは缶コーヒーほどの小ぶりなガラス花器。不安よりも大きな責任感と歓喜に汗を浮かべながら、許されるだけの時間を目一杯使って、必死に黛さんのデザイン画通りに生けた。

「できました！」

緊張と、やり遂げた誇らしさ。そのふたつに胸を躍らせ黛さんを呼ぶと、彼女は私の生けた花を視界に入れた瞬間、渋く眉根を寄せ落胆に首を振った。

「全然駄目じゃない」

そんな。浮かれていた心臓が、ぴしりと軋《きし》んで凍り付く。

無事に迎えたイベント開始。私は律さんに連れられ、会場近くのカフェでキャラメルマキアートを口にしていた。

撤収作業開始までは各自好きに待機。そう言い渡されていたから。

律さんがアイスコーヒーにささったストローを回すたび、カラカラと心地よい衝突音が視線を落とす私の耳に届く。

お説教、だろうな。私は申し訳なさに、顔を上げられないでいた。

今まで律さんに、沢山を教えてもらっていたのに。

不甲斐《ふがい》なさが網膜を覆いそうになった刹那、

「夏江ちゃんは、黛千草にどんなイメージを持ってる？」

「……え？」

戸惑いに視線を上げると、律さんはふと笑って、

「あの花ね、ただデザイン画を再現するってだけなら、満点だったと思うよ。けどね、私達が創っているのは、黛千草の作品だ。デザイン画は、あくまで設計書。そのままそっくりじゃなくたっていい。それよりも活けてる私達の手で、感性で、花に黛千草の名を刻まないと。夏江ちゃんに足りなかったのは、その名入れだよ」

名入れ。私は純粋な疑問に、「それって」と口を開いた。

「私が作った作品でも、黛千草の作品だと名乗っていいってことですか？」

律さんは複雑そうな笑みを浮かべて、

「うん、そう。私達に個はいらない。この事務所にいる限り、私達は黛千草の一部だからね。いかに黛千草を理解して、表現できるかが問われるってこと」

ああ、それで。私はやっとのことで、当初の質問の意図を理解した。

名を付けるにしたって、そもそものイメージが異なっていては、別人の名を刻むのと同じだから。

律さんは、私が正しく〝黛千草〟を理解しているかを、訊ねたかったんだ。

「……律さんは、どうイメージされているんですか」

「おっと、質問返ししちゃう？」

「だって、ウチのオフィスで黛千草を一番に理解しているのって、律さんじゃないですか。わからないことは直ぐに訊く。そう教えてくれたのは、律さんです。それに……」

私は意を決して、律さんを見つめる。

「早く、律さんみたいになりたいんです。任されて、頼られて……必要とされる、アシスタントに」

今思えば〝そうではない〟と思えるけれど、当時の私にとって、これは何ひとつ嘘偽りのない願望だった。

律さんも、そう受け止めてくれたのだと思う。だからこそ「そうだね……」と真摯《しんし》な瞳で、

「華美で、品性高潔。一見、ひらめきの才のように思えるけど、実際は緻密な計算の上に成り立つ泥臭さの賜物《たまもの》だ。強くしなやかな攻撃性とも取れる危うさで魅了して、けれど絶対に、内には入らせない」

「……それが、黛千草……ですか」

「っていっても、これが正解！　ってわけじゃないよ。千草と認識合わせをしたことなんてないから、もしかしたら違ったテーマを持っているのかもしれないし。ただアタシの見てきた千草の作品と周囲の反応から、そう解釈してるってだけ。だからもし、夏江ちゃんの持つイメージで名付けた花を千草が気に入れば、それも黛千草の正解のひとつってこと」

「うう、先に律さんに聞いておいて良かったです。私の幼稚なイメージじゃ、到底黛さんに気に入ってもらえるとは……」

「ちなみに、どんなイメージだったの？」

興味津々、といった律さんに、私は躊躇《ちゅうちょ》しながらも「………笑わないでくださいよ」と前置きして、

「………かっこよくて、綺麗」

ぽつりと呟いた数秒後、

「──あっはは！」

響いた笑い声に、「ちょっ、律さん！」と私は頬を膨らませる。

「笑わないでくださいって言ったじゃないですか！」

「ごめん、ちょっと……思っていた以上に想像通りだったから」

ヒーヒーとお腹を抱えて、呼吸を戻しながら「でも」と律さんが微笑む。

「千草もきっと喜ぶよ。うんうん、その純真さを壊さないように、しっかり育ててあげるからね」

「あれ？　もしかして私なんかちょっと馬鹿にされてます？」

「まさか！　夏江ちゃんは、私にも千草にもないモノを持ってるんだから、大事にしないとねってことだよ」

「……個はいらないのにですか？」

「そう。黛千草は黛千草として、咲き続けないといけない。良いモノを吸収して、時には切り捨てて。より強く、美しく。もっと多くを魅了するためにもね。花と同じだよ」

納得した？　と尋ねてくる律さんに、私は「はい」と大きく頷いて、

「黛千草は律さんと黛さんが大切に育てている、大事なお花ってことがよくわかりました。私も良い養分になれるよう、精一杯頑張ります！」

うん、そうだ。確かに私はそう決意した。

あの時律さんは「いま話した内容は千草に内緒だからね」と言うだけで、私の決意を否定せずにいてくれた。それはきっと、私自身が気付かないと、意味がないからだ。

『私は黛千草の養分にはなれない』

きっと律さんも、気付いてしまったんだと思う。自分はもう、〝黛千草〟の一部にはなれないと。他の花を、望んでしまったのだと。

だから辞めた。大切に育《はぐ》んできた愛《いと》おしい一輪が、異物を吸い込んで、腐敗を始めてしまう前に。

「――ちょっと倉門！　これは一体どういうこと……っ？」

フロアに轟《とどろ》く突然の金切り声に、私は手を止めエスカレーターへと顔を向けた。

黛さんだ。驚愕と怒りをない交ぜにしたような顔で、ぷっくりとした唇をわななかせている。

彼女が来たということは、最終確認だろう。記憶していたスケジュール表と腕時計の示す時刻を照らし合わせ、やっぱりと納得する。

作業を始めてから、もう三時間が経ったらしい。

完成を遅らせまいと時間はちょこちょこ確認していたけど……なんというか、本当にあっという間だった。

「っ、倉門！」

なかなか返答しない私に業を煮やした黛さんが、再び強く名前を呼ぶ。

化粧ではない赤みに染まった顔。

無理もない。だって私が作り上げたのは、スワロフスキーが煌《きら》めく深紅のスイートピーが敷き詰められたハートのオブジェ……ではなく、色とりどりのスイートピーを纏った羽ばたく蝶のオブジェだからだ。

「これが私の考えた、三階のオブジェです」

にこりと笑んでみせると、黛さんは信じらないといった表情で、

「あんた……っ、正気？　自分が一体何をしでかしたのか、わかってるの！」

今にも掴みかからんばかりの叫びがフロアに満ちた刹那、

「わーお、いいねえ。デザイン画で見るより、ずっと綺麗じゃん」

「りっ……！」

瞬間、ハッとしたように黛さんが口を噤《つぐ》む。程なくして、思い当たったという風に律さんを睨《ね》め上げた。

顔面には隠しきれない衝撃と不可解。

「そう。わかったわ。あなたの仕業なのね。私を失敗させようとして……！」

「違います！　全て私の判断で、私が律さんに協力をお願いしたんです……！」

「……なんですって？」

疑惑の視線を受けた律さんが、首肯交じりに肩を竦める。

「大変だったよ。贔屓《ひいき》の花屋に赤以外のスイートピーありったけ注文して、そっちの贔屓さんにもお願いしてさ。ハートのアイアンスタンドも、夏江ちゃんが設計した蝶のデザインに変えてもらわないとだったし。まあ、でもほら、皆そっちでお世話になってた時の顔見知りさんだったから、助かったよね。事情を話したら、快く動いてくれたよ」

「…………っ」

黛さんが、唇を噛む。

――今しかない。

私は片手で扇子を握りしめ、「……黛さん」と切り出した。

「花の品種すらろくに見分けられなかった私に、今までたくさんを教えてくださったこと、言葉では表せないくらい感謝しています。でも……私は、一人前のフラワーデザイナーになりたいんです。アシスタントとして支え続ける役割じゃなくて、自分で世界を作って、見てくれた人を笑顔にしたいんです。……この道を目指すきっかけをくれた、黛さんみたいに」

立ち竦む黛さんに歩み寄る。私は決意を込めて、フローリストケースから封筒を取り出した。

「大好きな、ずっと憧れていた黛さんの下で働けて、幸せでした。……今まで本当に、お世話になりました」

言葉にしきれない、沢山の感謝と謝罪を込めて。私は深々と頭を下げながら、両手で封筒――退職届を差し出した。

黛さんが、薄く息を詰めた気配がする。

（怒るかな？　怒るだろうなあ）

けれどももう、決めてしまったから。

どんな叱咤《しった》罵倒《ばとう》も受ける覚悟で、腕を伸ばし続ける。

視界には艶《あで》やかなフローリングの白。頼みの綱である鼓膜に意識を集中してみるも、どくりどくりと主張する血潮と何処《どこ》かから届く喧騒だけがこだましていて、場の様子なんてちっともわからない。

それから数分か、数秒か。かさついた紙の感覚が指先から離れたのは、私が想像していたよりもたっぷりの間《ま》をおいてからだった。

「あんたは、ホントにもう……。もっと、他にやり方はなかったわけ？」

絞り出すような声。予想していたどれにも当てはまらない反応だ。私は意表をつかれつつ、「すみません」と顔を上げる。

途端、視界に飛び込んできた、歪んだ顔。確かに怒ってはいるけども、それだけじゃない。

黛さんの双眸は、微かにだが潤んでいた。

「変わらないわね、倉門は。ウチの面接を受けに来た時から、うっとおしいくらい真っすぐで、健気《けなげ》な子。……誰が見ても一目瞭然なほど黛千草を好いているくせに、ちっとも染まれない、難儀《なんぎ》な子でもあったわ。それはあなたの感性が、黛千草と全く違ったからなのよ。それでもあなたは黛千草の一部になろうと、必死に足掻いていた。自分の種を放置してね。だから私も、あなたの種を踏みにじってでも〝黛千草〟に仕立て上げようと決めたのよ。なのにこんな……噛みつくような真似をしなくたって、あなたが望むのなら、手放すに決まってるでしょ。手塩にかけて育てた人材を折り捨てるなんて、愚か者のすることだわ」

(っ、そうだったんだ)

黛さんは初めから、黛千草としてでき得る限り、私の意志を汲んでくれていたんだ。

ずっと、手はかかるが丁度良く使えるアシスタントの一人なんだと思っていた。

違った。全然違う。

こうして涙を浮かべて悔んでくれるほど、私は大切に守られていた。

(……もったいない。辞めるって間際に、気付くなんて)

嬉しいやら、情けないやら。くっと眼奥に熱い衝動が込み上げてきて、私は慌てて目尻を抑えた。

深い深い、嘆息が響く。黛さんだ。

「……ウチを辞めて、これからどうするつもり？　まさか、どっかの誰かさんみたいに独立しようだなんて無謀なこと考えてないでしょうね。アレはね、こそこそと私の目を盗んで関係者に根回ししたり、出ていく前に土台を作っていたからなんとかなっているのよ。倉門は何もしていないでしょう？　実績のない新人がその身ひとつで生き残っていけるほど、簡単な世界じゃないのよ」

「！　千草、気付いて……？」

寝耳に水だという風に、律さんが瞠目《どうもく》した。腕を組んだ黛さんが「……当たり前でしょ」と鼻を鳴らす。

「どれだけの時間、一緒にいたと思ってるのよ。……あんたから言ってくるまで待ってたのに、やっと口を割ったと思ったら開口一番に、独立します、だなんて。私が邪魔するとでも思ったわけ？」

「っ、ちが」

「仮に違っていたとしても、バレていないと思ってたんでしょう？　今の今まで。とんだ甘ちゃんに見られたものね。腹立つ。……あんなに隣にいたくせに」

「……ごめん、千草」

弱々しく呟いて、律さんは視線を下げた。

「あの時……とにかく独立後の基盤作りで、周りを見る余裕がなかったんだ。千草の言う通りだよ。バレてないって……上手くやれていると信じ込んでた。けど言わなかったのは、千草に止められると思ったからじゃないよ。むしろ、言ったらさ。千草、絶対に助けてくれるじゃん。だからだよ。アタシは千草を置いていくのに、アタシだけが、千草の力を借りるなんてできない」

「……だからあんたは、嫌いなのよ」

（っ、これ以上は余計に拗れちゃう。止めなきゃ……！）

黛さん、と私が静止の声を上げる前に、

「考えたことある？　私が黛千草として花咲くまでに、あんたの時間と労力をどれだけ吸ってきたか。その気になればいつだって出ていけたくせに、自分が抜けても倒れないだけの環境が整うまで、待っていたんでしょう？　黛千草の養分として。あんたがウチを出ていこうと、その事実は変わらないのよ。なのに私がちょっと陽を分けようとしたら、〝自分だけが借りてる〟？　勘違いも甚《はなは》だしいわ」

「！」

「そう。ずっとそうだったわ。あんたは肝心な時に限って、ちゃんと話さない。それは優しさとか思いやりと呼ぶこともできるのでしょうけど、私にとっては最大の裏切りだったわ。私は信頼の下に全てを言葉にしていたのに、あんたはいつまでたっても隠したまま。……私はね、最初からわかってたわよ。あんたはいつか離れていくって。けれどもそれ以上に、花に対して同じ情熱を感じていたから」

言葉を切った黛さんは、眉間に数秒の迷いを見せてから、

「……その時が来てからも、高め合えるライバルであれると思ったのに」

やっと言えた。そんな風にして息をついた黛さんが、「また、私だけね」と自嘲気味に零《こぼ》した。

まるで、これで本当にお終《しま》いとでも言いたげな雰囲気だ。

──駄目。

私は咄嗟に「律さん！」と叫ぶ。

今を逃したら、本当にこの二人は終わってしまう。そんなの駄目だ。脳裏に、大声で言い争いながらも楽し気に作業していた、在りし日の二人が過る。

──終わらせない。

だってこの二人はただただ、お互いを大切に思っているだけなのだから。

「律さんっ！」

困惑と贖罪《しょくざい》に呆《ほう》けるその人の名を、もう一度呼んだ。

「楽造で教えてくれましたよね。今でも黛さんのことが好きだし、尊敬しているって。まずはそれをちゃんと、律さんの口から黛さんに伝えないと……！」

「……今更何をいっても、遅すぎ──」

「遅くないです！　だって律さんは、ガーベラを持っているじゃないですか……！」

言葉に、律さんが目を見開く。

遅くなんてない。むしろ、今がその時なのかもしれない。

だってガーベラの花言葉は――。

「……『希望』に、『前進』」

――風が。噛み締めるように呟く律さんの背を、そっと押した気がした。

扇子の件を知らない黛さんは、眉根に怪訝《けげん》を映し、

「ガーベラ？ なんの話よ。それよりも倉門、私は尋ねた件についての返答は――」

「っ、千草！」

律さんが駆け出す。瞬く間に黛さんとの距離を詰め、力いっぱい抱きしめた。

驚愕の声が上がる。

「！ ちょっと、何を……っ！」

「ごめん、千草！ ほんっとーに、ごめん！ アタシは大馬鹿者だ。今更口にしたって、言い訳にしかならないってわかってる。でも、聞いてほしい。アタシはさ、千草に余計な負担をかけたくなかったんだ。千草には、できるだけたくさんを花に傾けて欲しかった。だって、千草は誰よりも花を愛していたし、アタシはそんな千草も、作品も、大好きだったから」

律さんの瞳が、過去を手繰《たぐ》るように伏せられた。

「……千草がアタシの花に興味を示し始めた時、潮時だと思った。夏江ちゃんも育ってきてたし、これ以上側にいるとせっかく花開いた黛千草が、萎《しお》れ始めてしまうって。でもそ

れが、結局は押し付けだったんだよね。言われてやっと気付いたよ。立ち上げの時からずっと側にいて、一番に理解しているつもりだったくせに、誰よりも千草に偶像の黛千草を重ねていたのはアタシだ。……酷い裏切りだよ」

黛さんの背に回された律さんの腕に、力がこもる。

私にはそれが祈るようにも、縋るようにも見えて、込み上げてきた嗚咽《おえつ》を漏らさないよう両手で口元を覆った。

ずっと秘められていた、飾らない、請う懺悔が続く。

「アシスタントじゃなくて、同じフラワーデザイナーとして隣に立ちたいって思ったから独立を決めた。なんとしてでも追い付いてやろうって、ずっと必死だった。ううん、今もそうだよ。……この期《ご》に及んでこんなの、図々しいってわかってる。でも、もし。もしまだ、少しでも希望が残っているのなら、その背を追いかけ続けることを許してくれないかな。追いかけて、追いかけて、絶対隣に並ぶからさ。その時は信頼あるアシスタントじゃなくて、お互いにぶつけ合えるライバルって呼ばせてよ」

お願い、千草。

双眸を固く閉じた律さんの声に、私も固唾《かたず》を呑《の》んで祈る。黛さんの表情は、髪の陰でよく見えない。

「……本当、図々しいにも程があるわよ」

ポツリと落とされた黛さんの言葉に、緊張が張り詰める。が、

「……けれど、あんたはその図々しさあっての律でしょ」

「！　千草っ」

期待に顔を跳ね上げた律さんが、腕を伸ばして黛さんを覗き込む。

黛さんは、小さく笑った。悔しそうな、仕方なさそうな……それでいてどこか、嬉しさの滲んだ笑みだった。

「待ってなんかあげないから、せいぜい死にもの狂いで追いかけてきなさい。途中で諦めでもしたら、今度こそ一生——いいえ、死んだって許さないから」

途端に目尻を吊り上げた黛さんに、律さんは「おー、こわ」と肩を竦めてみせた。次いで幸せそうに破顔して、

「絶対、追い付くよ。約束する。だからずっと、走り続けていてよ。たまには休んでもいいからさ」

「冗談。休むくらいなら、花の一本でも活けていたほうがマシよ。……もう、いいでしょ。いい加減、離してちょうだい」

肩に乗っていた律さんの手を、黛さんがうっとおしそうに叩き落とす。

「ああ、ごめん」律さんは嬉し気な笑みのまま、宙に放たれた両手をひらひらと振った。

この感じには、覚えがある。まだ二人が一緒にいた時の、あの頃と同じ空気だ。

——良かった。

仲直り、できたんだ。安堵と懐かしさに心を打たれていると、

「なに安心しきった顔で頷いているのよ、倉門。そもそもの発端はあなたでしょう？　いい加減、答えはまとまったかしら」

「えと」

突如向けられた眼光に、思わず言い淀《よど》む。

わたわたと口を開いた私に代わって、

「ああ、その件だけど、アタシんとこで引き取ることになってんだ。だから、だいじょーぶ。安心してよ」

にっと悪戯《いたずら》っぽく笑んで、律さんが答える。途端、黛さんは目を丸くした。

「……は？」

「ま、ウチもまだ駆け出しだけどね。けど、だからこそ、夏江ちゃんみたいなパワーのある子が必要でさ。千草には悪いけど、アタシとしては引き抜きが成功して万々歳だよ」

「……ったく、あんたは貴重な作業時間を奪うわ、大事なアシスタントを掠め取るわで、本当迷惑極まりないわ」

けどまあ、と。黛さんは伏せた瞳に、憂いを浮かべた。

「律なら、その子を潰すような真似はしないでしょうね」

「黛さん……」

「それで？　倉門。今回の落とし前はどう付けるつもり？　クライアントに相談もせずに、勝手に事前に報告していたオブジェと違うものを作って。私に頭を下げさせる魂胆だったの？　それとも、律に？」

そう、わかっている。普通はこの二択だ。たかがアシスタント風勢の私がいくら謝ったところで、なんの効力もない。

——だから。

私は強い決意を込めて、黛さんを見つめた。

「オーナー様には、納得してもらいます」

その時だった。

「ああ、黛さん。こちらでしたか。おや？　浅香さんまで」

「！　オーナー」

「もうすぐ終わりの頃だろうと様子を見に来たんですが、黛さんの姿が見えなくてね。聞けば各階の確認中だというから上がってきたのですが……あれ？　ここのオブジェは、真っ赤なハート型じゃなかったですかな」

不思議そうに首を傾けたオーナーに、私は意を決して歩み出る。

「私に、説明させてください」

「キミは？」

「このオブジェを担当しました、倉門夏江です。今回、私の独断でこの、羽ばたく蝶を模したオブジェに変更しました」

「ほう？　それはまたどうして」

「この蝶に使用している花は全て、元のオブジェと同じスイートピーです。スイートピーの花言葉には『ほのかな喜び』『優しい思い出』の二つに加え、その花弁が羽ばたく蝶に似ていることから『別離』や『門出』という意味も持っています。……このフロアに訪れるお客様には、密かに抱いている不安や不満から離れて、心からリラックスした状態で楽しんで頂きたい。そして特別な体験を経て、再びこの蝶の前を通って帰られる時には、少しでも前を向いた笑顔でいてほしい。そんな願いを込めて、蝶を象《かたど》りました」

「ふむ、なるほどねえ。つまり、迎えた時は『別離』を与え、最後は『門出』を見送る蝶ということですか」

顎先に手を添え思案しながら、オーナーが蝶へと歩を進める。

オブジェの周りをゆっくり歩きながら査定する姿に、静観していた黛さんが、口を開いた。

「……ヨーロッパでは、スイートピーの香りは癒しの効果があると考えられています。また、蝶のモチーフには、美や成長の意味が。そういった点でも、ビューティーと名付けられたこのフロアのコンセプトをより活かしたモチーフかと思います」

「へえ、どうりでいい香りがしますね」

明確な助け船。私がびっくりして視線を遣ると、黛さんはそっぽを向いた。

髪を耳にかける仕草。知ってる。これは、照れ隠しだ。

「……うん」

時間をかけて一周し終えたオーナーが、満足そうに頷いた。

「優しく柔らかな印象なのに非常に華やかですし、コンセプトも我々が求めていたものにピッタリだ。いいですね。これでいきましょう」

「！　ありがとうございます！」

——認められた！

勢いよく頭を下げた私に続いて、黛さんも「ありがとうございます」と低頭した。そして、

「事前にご相談もなく勝手に変更し、多大なる混乱を招きまして誠に申し訳ありませんでした。全ては私の監督不行き届きによる失態です。この件に関しましては後ほど、今後の対応策を含めた報告書を提出させて頂きます」

「この件にはアタシも一枚噛んでいます。こちらからも陳謝状を送らせてください」

律さんが頭を下げる。

……結局、二人に頭を下げさせてしまった。おまけに報告書に陳謝状まで……。

(そうだよ。これは仕事なんだ。なんで気が付かなかったんだろ)

クライアントの納得を得られれば、問題ないと信じていた。そんなはずないのに。

私は自分の考えの甘さを恨みながら、もう一度「大変申し訳ございませんでした！」と深く腰を折った。

「……あっはは！」

オーナーが、堰《せき》を切ったように笑い出す。

「いやあ、あの『黛千草』と浅香さんが揃って頭を下げるなんて、貴女は随分と大物のようだ。いや、構いませんよ。お陰でこんなに美しい蝶が見れたのですから、それで満足です。スイートピーの花言葉にも詳しくなれましたしね。黛さんも浅香さんも、謝罪は結構です」

「そういうわけには……」

黛さんが顔を曇らせるも、オーナーは朗らかな笑みのまま「さて」と両手を鳴らし、

「それよりも黛さん。メインエントランスから順にご紹介頂けませんかな。ろくに見ないで上がってきたもんで、ずっと気になっているのですよ」

「……本当によろしいのですか？」

「ええ、先程お伝えした通りです。不安でしたら、一筆書きましょうか？」

「いえ、これ以上お手を煩《わずら》わせるわけには」

「でしたら、この件についてはこれにて終いということで。浅香さんも、いいですかな？」

「はい、お心遣い感謝します。上でお待ちしていますので、自慢の黛千草の世界をゆっくりと楽しんできてください」

律さんの会釈を合図に、黛さんは「それでは……ご案内いたします」とオーナーを伴いエスカレーターで下りて行った。

二人の姿が見えなくなる。途端、共に見送っていた律さんが、「いやー」と私の頭をポンポン撫でた。

「正直どうなることかと思ったけど、なんとか綺麗にまとまって良かった良かった。ありがとね、夏江ちゃん」

「そんな……お礼を言うのは私の方です。それと、ご迷惑をおかけして、本当にすみませんでした」

「協力するって決めたのはアタシなんだから、夏江ちゃんが責任を感じる必要はないよ。言ったでしょ？　ウチは今、パワーのある子が必要なんだって。……アタシのとこは千草と真逆で、色んな個人の花をブーケにしてやっていこうと思っててさ。ウチに来てからも、その行動力を余すことなく発揮してよ。あ、でも、事前に相談はしてほしいかな」

茶化《ちゃか》すようなウインクをパチリと飛ばしてから、律さんは「それにさ」と手を戻し、

「夏江ちゃんがいなかったら、ああして千草の気持ちを知ることも、アタシの全部をぶつけることもなかったしね。本当、感謝しているよ」

告げる律さんの頬が、柔らかく綻ぶ。その表情を眩《まぶ》しく思いながら、私は「いえ、そもそも扇子のことを教えてくれたのは律さんですし。仲直りできて、本当、良かったですね」と心からの安堵を伝えた。

「さーて、そろそろアタシも上に戻るかな！　オーナーが戻ってくるまでに、最後の手直ししちゃわないと」

両手を上げて、伸びをひとつ。

「じゃあね、夏江ちゃん。また後で」片手を上げた律さんは、エスカレーターに向かうべく背を向けたが、

「ああ、扇子といえば」

思い出したように足を止め、肩越しに振り返る。

「ガーベラの花言葉を思い出した時にさ、なんか、風が吹いた気がしたんだ。変だよね。ここ、室内なのに」

空調だったのかな、と茶化して笑う律さん自身、言葉にしながらも「そんなハズない」と思っているのだろう。

あえて口にしたのは、私にも「まさか」と笑い飛ばして欲しいからだろうけど……。

「……私も、そうでした」

「え？」

扇子に触れる。視線の先には、色とりどりの花弁をはためかせる『門出』の蝶。

「……神風かも、なんて言ったら、ロマンチスト過ぎますかね？」

律さんは一瞬、意表を突かれたように目を丸めてから、

「……いいね、乗った！」

ご満悦を咲かせた律さんに頷き返しながら、私はあの二人とお猿様に胸中で感謝を綴《つづ》った。

＊＊＊

（えーと、会ったらまず事情の説明をして、お礼はそれから……）

緊張に高鳴る鼓動を必死に抑えつけながら、私は人の溢れたフロアで忙しなく周囲を見渡す。フローリストケースの代わりに持ったショルダーバッグには、スマホとふたつ折り財布に鍵、そして扇子袋に収めたあの扇子が入っている。

「――倉門さん！」

知った声にぴっと背筋を伸ばして見遣ると、今まさにエレベーターから降りてきたばかりの充晴さんがこちらへ歩を進めながら、手を振ってくれた。

私もぎこちなく片手を上げる。すると、充晴さんの肩越しに嘉染さんが会釈をしてくれたのが見えたので、私も軽く頭を下げた。

「お二人とも、わざわざ来て頂いてありがとうございます」

「いえ！　倉門さんこそ、お忙しいのに時間をとって頂いてすみません。それでその、さっきからちょっとよく見えないんですけど、あの人だかりの中に倉門さんの生けられたお花があるんですよね？」

つま先立ちをして、充晴さんが人の輪を示す。

あの蝶は正真正銘、世間に向けて発表された〝私〟の作品第一号だ。

オーナーは展示を許してくれたけど、本当にお客様に受け入れてもらえるのか。そんな不安にずっと胃を痛めていたが、これが信じられないことに、昨日のプレオープン時から蝶の前は常に賑わっている。

スマホやカメラを向ける人々の、好奇に輝く目。こぼれる笑顔。感動に弾《はず》む口。

――ずっとずっと夢見ていた光景が、目の前にある。

私は溢れんばかりの感謝を胸に、「はい！」と力強く頷いた。

「私の想いがこもった、自信作です！」

「うわーそれは絶対ちゃんと見ないとですね！　ちょっと俺、突撃してくるんで、癸燕さんはちゃんとここにいてください。くれぐれも、ふらっとどっか行かないように！」

「うん、大丈夫だよ。いってらっしゃい」

気合十分にスマホを取り出し蝶に向かっていった背を、嘉染さんと並んで見送る。

「すみませんね。ああいった人群れは得意ではないもので」

「いえ！　お気になさらないでください！」

……なんかちょっと、緊張する。

経緯を話すなら今だよねとか、どこから話そうとか必死に思考を巡らせていると、

「美しいスイートピーですね」

「っ」

「貴女の新しい門出を祝うのに、相応《ふさわ》しい蝶だ」

嘉染さんが、にこりと微笑む。

それから私の腰元に下がるショルダーバッグへと視線を落として、

「どうやらその扇子はちゃんと、願いを届けてくれたようで」

……どうしてここに扇子が入っているって、気付いたんだろう。

そんな疑問が浮かんだが、すぐに嘉染さんだからか、と腑《ふ》に落ちた。私は扇子を取り出す。

「……はい。私の願い——自分のフラワーアートで沢山の人を笑顔にしたいっていう、一番大切にしたいお願いが叶いました。あ、でもこれはこれから先ずっとのお願いなんで、叶ったというか、まだまだ始まったばっかりなんですけど……。こうして始まりを迎えられたのは、お二人と、この扇子のおかげです。本当にありがとうございました」

感謝を込めて、深々と頭を下げる。

顔を上げると、嘉染さんは「いえ」と緩く首を振った。

「僕たちはほんのお手伝いをしただけに過ぎませんよ。願いが叶ったというのなら、それは紛れもなく、貴女様ご自身の努力の賜物です」

柔い笑みを携えたまま、琥珀《こはく》色の双眸が蝶に転じる。

「僕には花の良し悪しはわかりませんが、あの蝶は素直に美しいと思いますし、充晴も……ああ、ほら。あんなに必死になるほど夢中になっていますからね。どうぞ、ご自身の手腕を誇ってください」

「あのっ、そのことなんですが」

私はここぞとばかりに、勢いよく頭を下げた。

「すみませんでした！　勝手にスイートピーも、蝶も使ってしまって」

嘉染さんが不思議そうに小首を傾げる。

「なぜ謝るのです？」

「だって、スイートピーも蝶も、嘉染さんが教えてくださったじゃないですか」

「そう。僕はただ、貴女の依頼で合う花を選び、その理由を告げただけですよ。それを知識とし、こうして素晴らしいオブジェにされたのは、紛れもなく貴女自身だ。胸を張ってください」

そして、と。嘉染さんは長い指ですっと扇子を指さした。

「それは、僕からの門出祝いです」

「え……？」

「今日までゆっくり眺める時間もなかったでしょう。柄、よく見てみてください」

ちょっとした仕掛けがね、とどこか悪戯っぽい笑みが向く。

そういえば嘉染さんの言う通り、受け渡しの時にちょっと見ただけで、その後は忙しさに追われてろくに開いてもいない。

私は急いで扇子袋を開き、引き出した扇子を広げ扇面をまじまじと見た。

「……あ」

ブーケのように束ねられた色とりどりのスイートピーの一部が、羽ばたく蝶の姿になっている。

まるで、私のつくったあの蝶みたいに――。

「偶然とは時に、粋《いき》な計らいをするものでしてね。今後のご活躍を、楽しみしています」

「っ、ありがとうございます……！　大切にします」

花はいずれ枯れてしまう。けど、私はきっとこの扇子を見る度《たび》に、沢山の〝ありがとう〟を運んでくれたあの蝶を思い出すに違いない。

「癸燕さん、倉門さん！　撮りましたよ！　ベストショットが盛り沢山です！」

興奮に弾む充晴さんの声が届く。

私は顔を伏せ滲んだ涙をさっと拭ってから、「ぜひ、見せてください！」と美しい蝶を胸に抱いた。

第二話 ═ 枯れない百日草 ═

オレ、八木拓真《やぎたくま》には野望がある。それは、ヒーローになることだ。誰だって憧れる。強くて、カッコよくて、何でもできる。めちゃくちゃスゴイ。

なのに二年生になったぐらいから、「無理だ！だってヒーローなんて職業ないし！」ってバカにしてくるヤツが出てきた。

だから、野望。口には出さない。

そりゃあ、ヒーローは人に知られないように正体を隠しているのだから、ヒーローっていう職業がないのは当然だ。

でもヒーローはいる。地球が平和なのが、何よりの証拠だ。

とーちゃんとかーちゃんだけはずっと応援してくれてて、よくヒーローになるためのアドバイスをしてくれる。

たとえば、『ヒーローたるもの、いつでも元気でいないといけない』。

だからオレは好き嫌いしないで、なんでも食べる。たくさん食べる。早く大きくなりたいから、牛乳もいっぱい飲んでる。

それから、『ヒーローたるもの、運動能力が優れてないといけない』。

ラッキーなことに、オレは小さい時から足が速い。今だって運動会ではリレーの選手だし、逆上《さかあ》がりだって簡単に出来る。

あ、そうだ。これも重要。『ヒーローたるもの、頭が良くないといけない』。

だって悪の組織は、いろんな手を使って地球を侵略しようとしてくる。オレはその全部に、対応できるようにならないといけない。

それにいつか、巨大ロボも必要になるはずだ。たくさん勉強しないと、いざって時に間に合わなくなる。

こんな風に、オレの毎日はいつでもヒーローになるための訓練であふれている。

つまり、誰もやりたがらない『お花係』なんて面倒で地味な委員になったのは、ヒーローなら進んで手を挙げるからだし、ついでに早寝早起きの訓練をしようと思ったからだ。

「……おはよう。今日も早いね」

朝の空気に溶けていきそうな、薄い声。オレは水やりをしていた手を止めて、声の方を振り返った。

まっすぐで長い黒髪。紺色の長袖ワンピースを着た、小さい女の子。

同じ係の涼風日和《すずかぜひより》だ。各クラス男女一名ずつ、お花係になる決まりになっている。

「まあな！　早起きは得意なんだ！」

えへん、と胸を張ると、涼風は興味さなそうに「そう。お水汲んでくる」と言って水道の方へ行ってしまった。

「……あいっかわらずノリわりーなあ」

涼風は二年生の時に、この学校に転校してきた。数年おきに引っ越しを繰り返す、転勤族というやつらしい。

それまでお花係はジャンケンで負けた別の女子と担当していたけど、その女子はどうしても生き物係になりたかったらしい。ずっと先生にお願いしていて、どうしようかと困っていた先生から相談された涼風は、その子の代わりとしてお花係になった。

やっと少し仲良くなれてきたかなって時に迎えた、三年生のクラス替え。オレはてっきり涼風は先生に頼まれてお花係になったのだと思っていたけど、もともと花が好きだったのか、オレ達はそれぞれが手を挙げ、また同じ係に決まった。

涼風は、暗い。たぶん、友達もいない。

休み時間は、一人で本を読んでいることがほとんどだ。教室にいない時も、外で遊んでいたり、廊下で他のクラスの女子と話している姿なんて、一度も見たことがない。

前に、「一人でつまんなくねーの？」と聞いたことがある。

涼風はちょっと驚いたような顔をしてから、静かに首を振った。

「全然」

涼風は言葉も少ないから、何を考えているのか、よくわからない。

最初はオレばかりが話しかけていたけど、この一年で、さっきみたいに涼風からも話しかけてくれるようになった。係活動のとき限定で。

でも、進歩だ。当然。なんたって、オレはヒーローになる男だから、誰とでも仲良くなれる。

「……おまたせ。……持ってきた」

緑色の、涼風が持ったら大きく見えるジョウロの中で、たぷんと水が揺れる。

オレは空っぽのジョウロを畑の外に置いて、

「じゃあ、涼風はいつも通りそっちの花壇よろしく。オレ、こっちの雑草取るから」

「うん」

頷いた涼風を背にしてしゃがみ込んだオレは、軍手をはめて、ぶちぶちと目につく雑草をひっこ抜く。

早く来たオレが畑に水を撒《ま》いて、後から来た涼風は花壇に水をやる。

その間に畑の雑草を引っこ抜いて、最後に二人で花壇の手入れ……ってのが、いつの間にかお決まりになったオレ達の手順だ。

先生から言われている作業時間は、十五分。

一度で完璧にする必要はないと言っていた。むしろ、毎日コツコツ続ける、という力を身に付けるのが目的だと。

こんなもんか、と雑草取りを切り上げたオレは、両手をはらいながら後ろを振り返った。

涼風のジョウロも、そろそろ空になりそうだ。オレは涼風が水を撒き終えた花壇の左側に移動して、指先で細々とした雑草を抜き始める。

そう間を置かずに、空になったジョウロを置いた涼風が、花壇の右側にしゃがみ込んだ。

オレよりも小さい軍手をはめて、腕をいっぱいに伸ばしながら、雑草を摘まみ取っている。

「……私も、明日からもっと早く来ようかな」

「うえ？」

突然の言葉と、その内容に驚いて、停止したオレは思わず涼風を見つめた。

涼風は手を止めることなく、花壇を向いたまま、

「……だって、いつも先にやってもらってるし」

「や、オレが好きで朝来てるだけじゃん？　涼風が気にすることないって」

「でも……」

「あーほら、女の子って、男よりも準備が大変なんだろ？　かーちゃんもよく言ってる。

それにオレ、一番乗りが好きだし！」

ヒーローたるもの、一番乗りでなくては！

そう意気込んで早く来ていたら、どうやら涼風に気を遣わせてしまったらしい。

慌てて「だから、平気だって」と重ねると、涼風は横目でチラリとオレを見てから、

「そう……」と再び花壇に向かった。

（ふー、危ない危ない。涼風に迷惑をかけるとこだった）

うまく回避できてよかったと息をついて、オレはその日の作業を終えた。

片づけをして、一緒に下駄箱に向かう。スニーカーを上履きに履き替えたら最後、オレと涼風が話すことはない。

オレは目についた男友達の筒井に「はよっ！」と言いながら教室に駆け込み、少し遅れて入ってきた涼風は、黙ったまま静かに自分の席に着く。

そうして互いに目を合わせることもなくいつもの一日を終えて、オレはまた、次の日の朝に備えて二十一時には寝るのだ。


「……水、取りに行ってくる」

「うお！　びっくりした涼風か……おはよ。それと、いってら」

心臓、飛び出るかと思った。

バクバクと驚きに跳ねる胸に手をやったオレに背を向け、灰色のワンピースを着た涼風が水道へ歩いていく。

その姿を見送りながら、オレは「あれ？」と違和感に首を傾げた。

（そういや、おはようって言われてないな）

ここ暫《しばら》く、涼風は朝来ると必ず挨拶をしてくれていた。

（まあ、そんな日もあるか）

そういう気分だったんだろうと思ったが、なんというか……今日の涼風は変だ。

何が、と訊かれると上手く言えないけど……。しいて言えば、オーラがどことなく、とげとげしい気がする。

「……なあ、涼風。なんか怒ってる？」

「……別に」

（いややっぱり怒ってるな、これ！）

ビンゴ。ビンゴだビンゴ。他のヤツにはわからないだろーけど、オレにはわかる。

だって一年と数か月、毎日会って言葉を交わし続けたんだから。

（けどオレ、何かしたっけ？）

花壇の雑草をひとつふたつと摘まみながら、オレは頭をフル回転させて思い出す。

今日、涼風が「おはよう」と言わなかったのは、怒っていたから。つまり、今日の朝より前の出来事で怒ってたってことだ。

（ってことは、原因は昨日のなにか？）

教室で涼風とは話さない。だから多分、アタリがあるとしたら、昨日の朝だ。

思い出せ、思い出せ。

（……あ、もしかして）

オレに合わせて早く来ようかなって言ってくれた時、大丈夫だって断ったから、怒ってる……？

（え、でもなんで）

涼風が怒るようなことだったとは思わない。

ってことは、やっぱり別の原因が？　だとしたら、なんだ？

「……時間よ。おしまい」

「へ？　もう？」

「……じゃあね」

置いてあったジョウロふたつを持った涼風が、さっと居なくなってしまう。

まるで任務を終えたヒーローみたいに。って、そんなこと考えてる場合じゃない。

てゆーか、それ、一個オレのやつだし。

「あ、ありがとうございます……」

届かないお礼が、花壇にむなしく散っていく。

結局、その日の授業は何ひとつ集中できなくて、気づけばノートに「なんで怒ってるんだ？」なんて書き出す始末だった。

＊＊＊

「……はあー」

下校時間まで色々と考えてはみたけれど、やっぱりオレにはわからないままだ。

路上の小石を蹴りながらトボトボと歩いているうちに、家に着いた。大きなため息をついて、「ただいまー」と玄関の扉を開ける。

「お？　なんだ、辛気臭いな」

かーちゃんじゃなくて、茶色い頭がリビングの扉から出てきた。オレは「あっ」と思い出す。

「玲兄《れいにい》のこと忘れてた」

「どうりで遅かったわけだ。早く上がって手洗いうがい！　終わったら始めるぞ」

「うん」

オレは急いで靴を脱いで、ランドセルを廊下に投げ捨てた。台所にいるらしいかーちゃんが、「コラ拓真！　投げない！」って叫んでくる。

洗面所に向かって手洗いうがいを済ませたオレは、「いこ、玲兄」とランドセルを右手に、左手で玲兄の手をつかんで階段を上がった。

玲兄はうちの近くに住んでいる、ご近所さんってやつだ。オレがまだ幼稚園にすら行っていない時から、よく一緒に遊んでいたらしい。そのせいか、幼い頃の記憶には当然のように玲兄がいて、オレからすれば優しくて頼れる本当の兄ちゃんみたいな存在だ。

大学生になった去年から、週に二回、アルバイトとしてオレの家庭教師をしてくれている。今日はその日だった。

自室の勉強机に教科書やら参考書やらを広げて、「お待たせ」と座る。と、玲兄はオレの隣の椅子に腰かけて、

「で？　どんな悩み事なんだ？」

「……へ？」

てっきり「早く始めるぞ」って宿題の確認をされると思っていたオレは、予想外の質問に動きを止めて、ロボットみたいにギギギとぎこちなく首を回した。

「勉強は……？」

「もちろんやるけど、まずは拓真の悩み事を解決してからな。だって拓真、気になることがあるとそればっかりで、集中できないだろ？」

さすが玲兄。よくわかってらっしゃる。

「拓真もわかってると思うけど、俺はおばさんにもおじさんにも、誰にも言わないからな」

「……うん、知ってる」

「だろ？　だから、俺に相談してみ？　俺は拓真より長く生きてるぶんわかることも多いし、わからなくても、一緒に考えることはできるから」

な？　と玲兄が小首を傾げる。オレは少しだけ悩んでから、確かに玲兄に訊いたほうが良さそうだと判断した。

玲兄は、頭がいい。おまけに物知りだ。オレがヒーローになったあかつきには、司令官の座についてほしいくらいに。

「……あのさ、玲兄。ちょっと相談したいんだけど」

「うん、どした？」

「同じお花係の子が、なんか怒ってるみたいでさ。だけど怒ってる？　ってきいても、怒ってないって言うんだ。絶対怒ってるのに」

「拓真はその子に、怒られるようなことをしたのか？」

「それがわからなくて……。今日の朝には変だったから、たぶん、原因があるとしたら昨日の朝だと思うんだ。オレ達、朝の時以外は話さないし」

「ふむ。心当たりはある？」

「……オレ、指定時間より早く行ってるじゃん？　涼風がさ、自分も早く来た方がいいかなって言うから、気にしなくていい、平気だって言ったんだ」

「……それはどうして？」

「だって、オレが勝手に早く行ってるだけだから。それなのにオレのせいで涼風も早く起きなくちゃいけないとか、迷惑じゃんか」

「……なるほど。拓真はその涼風って子に、迷惑をかけたくなかったんだな？」

「うん」

玲兄は「そっかそっかー」と頷いてから、

「そうだな。もしかしたらその涼風さんは、拓真に拒絶されたって感じたのかもな」

「……きょぜつ？」

「きっと拓真は迷惑をかけたくないからって、必死に断ったんだろう？　それが、拓真が涼風さんを嫌ってるから来てほしくないって言っているように見えたのかもしれない」

「！　そんな、オレ、そんなつもりじゃ……！」

「だな。だから明日ちゃんと――」

「っ、玲兄！　今日って水曜日だよね？」

「ん？　ええと、水曜だな」

そうだ。今日は水曜日だ。

いつだったか、水曜の放課後は図書室に本を返しに行って、また借りるのだと涼風が言っていた。

（まだ、学校にいるかも）

「ごめん玲兄！　オレ、行ってくる！」

居ても立っても居られなくなったオレは、部屋を飛び出して階段を駆け下りる。

「拓真！　行くってどこに！？」

「学校！」

振り向きもせずに叫んだオレは、学校めがけて駆け出した。


放課後の学校は、いつもの賑やかさが嘘みたいに静かだった。

まだ、高学年の人達は授業をしているみたいで、教室には明りがついている。

オレの教室は真っ暗だった。ということは。

嫌な予感に包まれながらも下駄箱に向かい、涼風の靴を確認する。

「……上履き」

きちんと揃えられたそれに、オレはへたりと屈みこんだ。

（……間に合わなかった）

当たり前か。だってもう帰りの会から、一時間以上経っている。

「……明日の朝、話しよう」

ショックと、全速力で走った疲労でふらつく足を引きずり、来た道を戻る。

（……どうせだから、花壇みて帰ろ）

オレは肩を落としながら、クラスの花壇がある中庭へと向かった。

「……あれ？」

花壇の前に、小さな人影。

黒髪の、灰色のワンピースを着た女の子が、花壇横のブロックに座っている。

「っ、涼風？」

間違いない。涼風だ。

膝に乗せたランドセルを机代わりに、ノートに何かを真剣に書き込んでいる。

オレは気付かれないように足音を忍ばせて、その背後に回れる道へと急いだ。

涼風はまだノートに夢中で、オレに気付いた様子はない。そうっと慎重に慎重を重ねて、その背後に回り込む。

忙しなく動く鉛筆の向こう側。広げられたノートを頭越しに覗き込むと――。

「え？　すんげー上手くね？　普通にあの咲いてるチューリップまんまなんですけど」

「！」

跳ねるようにして振り返った涼風が、両方の目をこれでもかとまん丸にする。

あ、涼風もビックリすることってあるんだーなんて思いながら、オレは「よ」と片手を上げた。

そして気付く。

「ってか、あれ？　涼風って、こんな絵上手かったっけ？」

図工の時間に描いた風景画が、教室の一番後ろの壁に貼られている。

二年生の時にも同じように張り出されていた絵を見たことがあったけど……正直、特別上手いとは感じなかった。

下手《へた》なんじゃない。なんていうか、とにかく普通だった。

上手いヤツが数人いて、普通がたくさんいて、下手くそがいる。涼風はその、丁度真ん中くらい。

そういえば、同じように張り出された書初めも、そんな印象だった。

（……ん？　そういえば、テストの点数もじゃん？）

テストが返された翌日とか、話の流れで「涼風は何点だった？」と尋ねたのは一度や二度じゃない。

たいてい涼風は、平均点よりちょっと上だ。どの教科も。体育の五十メートル走だって──。

（え、もしかして）

「涼風って、ホントはできるのに、ワザと真ん中にしてる……？」

「…………」

「あ、ワリ！　ただなんとなく、いっつも真ん中くらいだなーって思っただけで、別に文句とかじゃ！」

「……出る杭は打たれる」

「へ？」

涼風が、ノートのチューリップをそっと撫でた。

「いつだって、目立つ人間は攻撃を受けるの。けど、例外もある。……あなたみたいな人」

「オレ？」

「そう。太陽みたいな明るさで、他の人も楽しくさせる人。……誰にでも等しく、話しかけてくれる人」

涼風の大きな黒目が、オレを真っすぐに見つめる。

つい、言葉に詰まると、涼風はふいと目を逸《そ》らした。

「……わざわざ学校に戻ってくるほど、大事な用があるんでしょ？　早く行ったら」

〝きょぜつ〟だ。オレは直感でそう悟る。

心がざわざわする。気付いたらオレは、「涼風だよ！」と叫んでいた。

「涼風を探しに来たんだ。だから、オレの用事はここ」

「……わざわざなんの用――」

「ゴメン！」

涼風の言葉を遮って、オレは思いっきり頭を下げた。

戸惑いに、小さく息を吸った気配がする。

「実はさ、オレ、ヒーローになるって野望があって、早起きもその訓練のひとつなんだ！　それで朝、早く来てて。だけどそれは俺の勝手だから、涼風まで巻き込んだらダメだって思ったんだ。だから昨日、朝来なくて平気だって言ったんだけど、なんか〝きょぜつ〟したみたいになっちゃって……涼風に、嫌な想いをさせた。ホントのホントに、涼風を嫌ってるワケじゃないんだ！　誤解させて、ゴメン！」

怒られるかな。もしかしたら、呆れられるかも。

草がまばらに生えた地面を見つめて、ドキドキしながら涼風の反応を待つ。

「……ヒーローになるって、将来俳優になって、ヒーロー役をやりたいってこと？」

（あー……やっぱりそう思うよなあ）

何度も聞いたことがある言葉に肩を落としつつも、俺はそろりと顔を上げて「ううん」と首を振った。

「役じゃなくて、本物のヒーローになりたいんだ。困ってる人を助けて、侵略者が来たら、一番に戦う。だってほら、今は大人しくしている宇宙人だって、いつ地球を狙おうとするかわからないだろ？　だからオレがヒーローになって、地球の平和を守ろうと思って」

また、三年生にもなって幼稚だって、馬鹿にされるのかな。

ちょっと胸がどんよりしたけど、これ以上涼風に嘘はつきたくない。緊張に心臓がバクンバクンと跳ねるのを感じながら、黙って涼風の反応を待つ。すると、

「……素敵だね」

（──わら、った）

あ、涼風って笑えるんだ。って、当たり前か。だって同じ人間なんだから。

よくわからない感動がばーっと駆け抜けていって、それからじわじわと嬉しさが込み上げてくる。

馬鹿にもせず、否定もせず。受け入れてくれたんだ、涼風は。ヒーローなりたいっていう、オレの野望を。

「──そうだ！　涼風。オレがヒーローになったらさ、美術担当でいいから仲間になってくれねえ？」

「……え？」

「いや、オレさ。勉強も運動も頑張ってるんだけど、絵だけはほんっとダメでさー。見たことねえ？　後ろに張り出されてるのとか。ほら、悪いヤツが逃げた時ってさ、似顔絵と

か必要になるだろ？　どうしよっかなーって思ってたけど、涼風がいてくれれば心強いわ！　でなでな、司令官には玲兄っていう、オレの家庭教師やってくれてる大学生を誘おうとしてんだ。な！　楽しそうだろ？」

親指を上げてニッと笑うと、涼風は「……そうだね。凄く、楽しそう」と目を細めて頷く。

（よかった。もう怒ってないみたいだな）

仲直り成功。それどころか、初めてヒーロー仲間ができるかもしれない。

オレはにやけそうな頬をくっと引き締める。

「将来にもかかわることだから、よく考えてな。オレもまだ修行中だし……答え、いつでもいいからさ」

「……うん、ありがとう。考えておくね」

夏前の、気持ちのいい風が、涼風の膝に乗ったノートをめくる。

オレを見上げる涼風の表情は、綿あめみたいに柔らくて、フワフワしていた。

＊＊＊

次の日から涼風は、朝、それまでより少しだけ早く来るようになった。

でも、オレみたいに畑作業を始めるんじゃなくて、花壇横のブロックに座って、ノートに絵を描いている。

そしていつもの時間になると、今までみたいにジョウロに水を汲みに行く。

「……前から、もっと絵を描く時間があったらなって思ってたの。これなら私も好きなことをしているだけだから、問題ないでしょ」

そーゆーことらしい。

まだ静かな学校で一人黙々と作業している時間も好きだったけど、これはこれで、悪くない。

大人になって、涼風とヒーロー活動を始めたら、こんな感じなのかなーとか想像したりして……うん、むしろ楽しい。

次第にオレは教室でも、ときどき涼風に話しかけるようになっていた。涼風は、朝の時より素っ気ないけど、無視することなく応えてくれる。

そうやって少しずつ、涼風と仲良くなっていくのが嬉しくて仕方なかった。オレ達ならきっと、いい仲間になれると思っていた。

事件が起きたのは、そんなある日のことだ。

朝、いつものように教室に入って筒井と話していたら、いつものように自席で読書を始めた涼風を三人の女子が囲んだ。

両端の二人とは数える程度しか話したことないけど、真ん中に立つ岡崎《おかざき》さんは一年生の時からクラスが一緒で、結構関わりを持つ機会が多い。

たぶん、いや絶対気付いていただろうに、涼風は岡崎さんに呼ばれてからやっとのことで視線を上げた。

「ねえー、涼風さん」

「……なんでしょうか」

「お願いなんだけどお、今日の日直、やってくれない？　今日担当だった佐伯《さえき》さんがお休みでさあ、代わりが必要なんだよね」

こっそり聞き耳を立てていたオレは、「佐伯さん、休みなの？」と小声で筒井に訊いてみる。

どうやら風邪を引いたらしい。そうなんだ、と納得しつつも、小さな疑問が湧いてきた。

どうして、涼風なんだ？

うちのクラスの日直は出席番号順で入れ替わり制だけど、涼風と佐伯さんは、とくに前後しているワケでもない。

席だって離れているし、涼風が日直を休んだこともないし……。

「……あのさー」

挙手して声を発したオレに、クラスの視線が集まる。オレは特に気にするでもなく、

「一日ずらして担当して、佐伯さんが戻ってきたらその日をやってもらえば？」

そうすれば誰も重複することなく、元の順番に戻れる。

オレが「うん、我ながら名案名案」と満足に腕を組んで頷いていると、筒井が「誰だ

よ」と噴き出しながらも、

「なら、今日の日直は岡崎じゃん」

途端に岡崎さんは「えー」と唇を尖らせた。

「私、今日は放課後に行かなきゃいけないところがあるんだもん。ねえ、涼風さん。涼風さんなら、暇でしょ？　一日多く日直したって、別に嫌じゃないわよね？」

「……構わないけ」

「あ、じゃあオレ！　オレがやるよ！」

だって今日は水曜日。涼風が図書室に行くのを楽しみにしている日だ。

日直の後でも間に合うだろうけど、涼風は少しでも早く行きたいに違いない。だって、絵だってわざわざ、朝早く来るくらいだ。

ハイハイ！　と主張して「んじゃ、これで解決ってことで」と笑うと、岡崎さんはキッと眉尻を吊り上げて、

「日直はいっつも男女一人ずつでしょ！　女子が休んだんだから、女子が代わりをしなきゃ！」

「けど別に、男女一人ずつじゃないといけないって決まりもないだろ？　なんなら、先生が来たら聞いてみて――」

「変なの！」

岡崎さんが声を荒げる。

「なんでそんなに涼風さんを庇《かば》うの？　同じ係だから？　最近よく教室でも話してるよね？　あ、わかった。拓真って、涼風さんのこと好きなんでしょ？」

「は？　なんで急にそんな……」

「だってそーやって、涼風さんばっかりひいきするじゃない！　ねえ、どこが好きなの？　教えてよ。言っとくけど、全然釣り合ってないからね！」

「やめろよ！」

気付いたらオレは、叫んでいた。

「オレと涼風は、そーゆーんじゃない！」

「じゃあ、なんなの？」

「それは……っ！」

友達だ、と言おうとして、咄嗟に飲み込んだ。

そういえば、涼風と互いに「友達」だと宣言しあった覚えはない。

（オレが一方的に友達だと思ってるだけで、涼風は、ただ同じ係になっただけのクラスメイトって思っているのかも）

可能性に、心臓が強張る。

もし、「友達だ」って宣言して、違うと言われてしまったら。

（……心臓が、ぎゅってする）

そうだ。きっとオレは、たまらなく苦しくなる。

両手で拳を握って、絞り出すようにして口を開く。

「……二年の時から同じお花係だから、よく話すようになっただけだって。好きとか、そういうのはないから」

「……本当に違うって、信じていい？」

「うん、本当に違うから」

しっかりと頷くと、岡崎さんはやっとのことで表情を緩めた。

納得してくれたらしい。良かった。なんとか乗り切った。

そう安心したのもつかの間、妙に静まり返った教室内に、椅子が床を擦る音が響いた。

涼風だ。立ち上がったかと思うと黒板に向かっていき、日直の欄に書かれた『佐伯』の文字を消して『涼風』と書いた。

「日直、私がやるから。……チョークが切れそうだから、貰ってくる」

「……え？　あ、涼風！」

教室を出て行った涼風を、慌てて追いかける。が、

「……ひとつ、教えてあげる」

「へ？」

立ち止まった涼風は、身体半分だけで俺を振り返り、

「そういうのが、ダメなの」

「！　どういうっ」

「もう、私に話しかけないで。付いてこられても、迷惑」

「なっ」

――嫌われた。

鋭い目付きで睨まれたオレは、足が石に変わったみたいに一歩も動けなくなってしまった。ううん、足だけじゃない。身体全部が、重い。

遠ざかっていく涼風の後ろ姿。ギュウッと心臓が締め付けられて、息が上手く吸えない。

(……だって、それしかなかったから)

心の中でどんな言い訳をしたって、本人に届かないんじゃ意味がない。

その日、涼風は徹底的にオレを避け続け、謝ることすら許してくれなかった。

＊＊＊

教室がダメなら、朝、謝ればいい。

作業中は二人きりだし、たとえ口をきいてくれなくても、オレの言葉は耳に入るハズだ。

湯船に浸かりながらうじうじした気持ちをなんとか振り切ったオレは、明日はうんと早く行こうと決めていつもより早く寝た。

なのに、起きてみたら。

「え！　台風？　学校休み！？」

かーちゃんが「そ。良かったじゃない。休みよ休み」と欠伸《あくび》をする。

いや、良くない。ぜんっぜん良くない！

だって、早く涼風に謝りたいんだ。違うんだって、本当は友達だって言いたかったんだって、伝えなきゃ。

なのに外はとんでもない大雨がアスファルトを打ち付けているし、風もビュウビュウ騒いで、電線を好き勝手揺らしている。

ガタガタ鳴る窓が、オレを笑ってるみたいだ。

（なんでこんな時に……！）

落ち着かないオレは、とにかく何度も何度も天気予報を確認した。

台風、今日だけだよな？　明日には学校に行けるよな？


玲兄にもキッズ携帯で何度もメールして、やっと待ちに待った次の日。オレは予定よりもかなり早く、学校に着いた。

当然、涼風はまだいない。でも、むしろいなくて良かったかもしれない。

「あー……やっぱり酷いわ」

毎日少しずつ手入れしていた畑も、花壇も、雨風に耐え切れなかった葉や花があちこちに散乱している。

涼風の丁寧な字が書かれたネームプレートも、半分以上が抜けて飛ばされていた。

「……やるか」

涼風が見る前に、少しでも回復させておきたい。

それから、謝るんだ。ごめんって。つい、あんな言い方しちゃったけど、オレは友達だって思ってるって。

水やりは少な目に。オレはまず、畑の掃除に取りかかった。秋に収穫予定だったさつまいもの苗も、何束か吹っ飛んでいる。

これ、植えなおせば復活するのかな。

とりあえず千切れた葉はどこから飛んできたのかわからないゴミと一緒に集めて、雑草置き場に持っていく。

それから花壇に移動して、畑と同じく飛ばされた葉や花の回収を終わらせた。

「よし、なんとか間に合いそう」

来た時に比べたら、随分とマシになった。

今度はあちこちに散らばっているネームプレートを拾い集める。畑や花壇から離れたところも探したけれど、全部は見つからなかった。

「これ直すのは、涼風に頼むか」

花壇の花は、涼風が管理している。オレにはどこにどれを刺したらいいか、よくわからない。

これを機に花壇の花も覚えようかな、なんて考えながら、オレは根の見え隠れするへたった雑草をむしり始めた。

今日はオレの担当も、涼風の担当も関係ない。できるだけ綺麗にしておこう。そう思ったから。

「……っ、何、してるの」

「あ、涼風！」

声に顔を向けると、黒いワンピースを着た涼風が、驚いたような顔で立っている。

（よし、まずはサプライズ成功……！）

オレは心の中でガッツポーズをして、早速と切り出した。

「あのさ、おとといのやつなんだけど――」

「それ、抜いたの？」

「え？　ああ、今日は早く来たから、涼風のトコも雑草抜いておこうと思って」

途端、涼風が顔を伏せた。

「……雑草じゃない」

「……え？」

向けられた顔が、くしゃりと歪む。

「私が植えた、百日草……っ！」

「ひゃくにち、そう……？」

え？　そんなだって、ネームプレートも何も――。

「っ、ネームプレート」

そうだ、台風であちこち抜けているんだった。

同時に二か月くらい前、「……これはちょっと、特別な花なの」と涼風が何かの種を蒔《ま》いていたのを思い出す。

(ここ、だったんだ)

頭のてっぺんから、さあっと血液が冷えていく。

「ごめ、オレ、気付かなくて……!」

「っ、いい」

くるりと背を向けた涼風が、逃げるようにして走り去っていく。

オレは特大ハンマーで殴られたみたいな衝撃に、追いかけるどころか声すら出せない。

――泣いてた。

違う。泣かせたんだ、オレが。

涼風は毎日手入れをしながら、この種が芽吹くのを楽しみにしてたのに。

それをオレが、摘み取ってしまった。この、最悪のタイミングで。

「っ、どうしよう」

謝るどころか、取り返しのつかないことをしてしまった事実に、オレはへなへなと膝を折って頭を抱えた。

＊＊＊

「わ、なんだその顔。何があったんだ？　拓真」

家に帰ってきたオレを見た途端、玲兄がギョッと目を丸くした。オレは靴を放るように脱ぎ捨てて、目の前のお腹に抱き着く。

「……れーにー！　どうしよー！」

もう三年生なのに、かっこ悪い。

そう頭では思うけど、どんどん膨らみ続ける後悔がこれでもかと心臓を押し潰してきて、オレじゃもう制御できなくなっていた。

「えーと、とりあえず上行くか」

オレは頷いて、ワンワン泣きながら階段を上がる。

ぼんやりした視界の隅で、玲兄が心配そうな顔のかーちゃんに目配せしているのが見えたから、たぶん、かーちゃんは暫く部屋には来ない。

玲兄の手を借りながらランドセルを下ろして、ベッドに座る。

「ゆっくりでいいから、話してくれるか？」

床に膝をついてオレに視線を合わせた玲兄が、ティッシュケースを膝に置いてくれる。

オレはそこから二枚引き抜いて、まだ全然止まる気配のない涙を拭いて、鼻をかんだ。

「っ、あのね」

ひゃくりあげながらも、なんとか事情を説明する。

うん、うんと頷きながら聞いていた玲兄は、オレの話が終わると暫く考えた素振りをしてから、「……なあ、拓真」と切り出した。

「涼風さんと、絶対に仲直りしたいんだよな？」

「うん……」

「ちょっと小三には早いとは思うけど……」

「なに？ 何か方法があるの？」

微かな希望に、ピタッと涙が止まる。

玲兄はそんなオレにちょっと驚いたようにして笑った後、真面目な顔をして「実はな」と切り出した。

「北鎌倉に、『嘉風神社』っていう神社があるらしくてな。なんでもそこの扇子を受けると、願いが叶うって噂でさ」

「っ、願いが叶う、扇子？」

「ああ。でもなー、結構高いんだよ。ひとつ一万円。でもなかなか効果があるらしくて、俺の学校でちょっとした話題になってるんだ」

（……願いが叶う、扇子）

それだ……っ！

「玲兄！ オレ、その神社行く！ 場所教えて！」

次の土曜日、オレはお目当てのなんとか神社の前に立っていた。

オレ一人で行かせるには心配だからとついて来た玲兄は、「きちんと参拝するんだぞ」とオレに十円玉を握らせて、何処かに行ってしまった。せっかくの鎌倉だから、近くを散歩してくるらしい。

たぶん、オレに気を遣ってくれたんだと思う。

終わったら、首から下げたキッズ携帯で、玲兄に電話する約束だ。

見上げた神社はもの凄い数の竹が囲んでいて、周りよりもなんだか暗いし……うん、めちゃくちゃ迫力がある。

（……妖怪とか、いないよな？）

いやいや、もし妖怪がいたって、理由を話せばきっとわかってくれるハズ！　それに……。

「ヒーローは、誰とでも仲良くなれる……！」

恐怖を両の拳で握りつぶし、オレは進み出す。

古いを通り越して、ボロい鳥居。くぐると、すぐに水が溜まった屋根付きの手洗い場が見えた。

まず、ここで手を洗うんだっけ。毎年家族で行っている初詣の手順を思い出しながら、ポケットに十円玉をつっこむ。

「……えーと、どうやんだっけ」

　いつもはかーちゃんが、隣で教えてくれるからなあ。

ちろちろと流れる水の音を聞きながら、うーんとうーんとと必死で記憶を手繰《たぐ》り寄せる。

と、上の方に、やり方が書いてある看板を見つけた。それも、漢字には全てひらがながふってある。

「助かった……。えーと、まずはひしゃくを右手に持って……これか」

看板を読みながら、なんとか両手と口を洗い終えたオレは、かーちゃんがポケットに突っ込んだタオルハンカチで拭いて「これでよし」とお参りに向かう。

ぷらんとぶら下がった、鈴のついた長い紐。見るとここでも賽銭箱の奥に、『二礼二拍手一礼』と書かれた木札を見つけた。

十円玉を投げ入れて、鈴を鳴らす。頭を二回下げたら、パンパンと二回。

オレのお願いは、決まっている。

「涼風と仲直りできますように！」

よろしくお願いします！　って気持ちを込めて、礼。

「これでよし、と」

あとは扇子を買うだけだ。

オレはくるりと振り返って、さっき一回通り過ぎた、斜め後ろにある平たい家みたいな建物に駆け寄った。

やっぱりここだ。入口に『〝扇子〟あります。御用の方は、お気軽に中へどうぞ』って紙が張ってあるし、上には神社の名前と同じ漢字を使った看板がある。

オレは胸に手をあてて「ふう」と深呼吸をしてから、職員室に入る時みたいに勢いよく扉を開けた。

「失礼します！」

「わ！　と、えーと、迷子……じゃないよね？」

黒髪の、玲兄よりもうちょっと年上な感じの兄ちゃんが、オレの側まで歩いてきて腰を屈めた。

神社の人って、みんな巫女《みこ》さんみたいな服装をしているんだと思ってたけど、この兄ちゃんは普通の服にエプロンをしている。

「願いが叶う扇子をください」

「わー……こんな小さな子にまで……。ううーんと、一人で来たの？」

「ううん。玲兄と」

「そっか。その玲兄って方は、どこにいるのかな？」

「わかんない、です。散歩に行ってるから、終わったらコレで電話するって約束してます」

首のキッズ携帯を指さすと、兄ちゃんは優しそうな笑みを浮かべて、

「そっか。それじゃあ、お客様。扇子のご案内の前に、少しお話をしてもいいでしょう

お伺いを立てるみたいにして首をちょこんと傾げた兄ちゃんに、「うん」と頷く。すると兄ちゃんは、「こっちにどうぞ」と机前の椅子に案内してくれた。

（……もっと怖い感じの、爺ちゃんが出てくるかと思った）

人の良さそうな兄ちゃんに緊張が解けてきたからか、ちょっとワクワクしてきた。

椅子に座った足は浮いてしまうけど、なんか、いつもより大人になったような気分だ。

「初めまして。俺はここで働いている充晴って言います。お兄ちゃんの名前も訊いていいかな？」

「八木拓真です」

「ありがとう。それじゃあ、拓真くん。せっかく買いに来てくれたのに、残念なお知らせなんだけど、ウチでお渡ししているのは願いが叶う扇子じゃなくて、神様に願い事を届ける扇子なんだ」

「……それは、違うの？」

「ええとね、ウチの扇子を受けたからって、必ずしも願いが叶うってわけじゃないんだ。ウチの扇子はオーダーメイド……お客様ひとりひとりに合わせた扇子を作っていてね？お客様の話を聞いて、ここの管理人がその人に合った柄を選んだり、元々お客様がこういうのが欲しいって希望している柄で作らせてもらったりしているんだけど……ここまではわかる？」

「うん」

「良かった。それで、さっき言った、お客様の話を聞いて管理人が柄を選ぶって方法で作った扇子が、その時のお客様にとって大切なメッセージになったりすることが多くて。それで、そのお手伝いをきっかけにお願い事を叶えた過去のお客様たちが、願いの叶う扇子って言ってくれるようになったんだ。だからね、ここの扇子はお守りと一緒で、神様にお願い事を届けるってお仕事はしてくれるけど、必ずしもお願いが叶うってワケじゃないんだよ。わかったかな？」

「……それじゃ、この扇子を買っても、涼風とは仲直りできないってこと？」

「……仲直りしたい子がいるの？」

オレは頷いて、充晴兄ちゃんに話を始めた。

二年生の時から一緒のお花係をしている子がいること。やっと仲良くなれたのに、怒らせてしまったこと。

そしてそれを謝るために挽回《ばんかい》しようとして、涼風が大切に育てていた『特別な花』の芽を摘んでしまったこと。

「オレ、涼風が泣いてるとこ初めて見た。……涼風だけだったんだ。一緒にヒーローになってくれるか、考えてもいいって言ってくれたの。友達になれたかもって思ってたのに、オレ、涼風を悲しませちゃったから……。友達になれなくてもいい、ヒーローも一緒にできなくていい。けど、『ごめん』って、ちゃんと謝りたくて」

思い出したら、また涙が出てきた。

情けなくて、でもう、どうしたらいいかわからなくて、とにかく悲しくて。

ぽとん、と一粒がズボンにまあるいシミを作ったのを合図に、次々と目から零れ落ちていく涙。拳で拭うと、「これ、使って」と充晴兄ちゃんがポケットティッシュをくれた。

「その子に謝りたくて、扇子を受けに来てくれたんだね」

「うん」

「……その摘んじゃったお花の名前ってわかる？」

「えと」

（……あ、あれ？）

あんなにショックだったんだ。玲兄にだって説明した。

覚えてたはずなのに。忘れるはず、ないのに。

「っ、どうしよう、思い出せない……！」

なんで、どうして？

あの時、涼風は何て言ってた？　後で見つけたプレートに書いてあった名前はなんだった？

光景は浮かぶのに、全然、花の名前だけが誰かに盗まれたみたいに、思い出せない。

「大丈夫だよ、落ち着いて。ゆっくりでいいから。あ、今お茶を持ってきて――」

「たぶん、ジニアじゃないかな」

「！」

充晴兄ちゃんとは別の声がして、ビックリしたオレは跳ねるようにして声の方を見た。

長い暖簾のひとつをめくり上げて、深緑色の着物を着た、薄茶っぽい髪色の男の人が立っている。

充晴兄ちゃんより年上っぽいけど、ニコニコしてて、柔らかい感じだ。

ぽかん、と口を開けたまま固まっていたオレに、その人はニコリと微笑んだ。

「その、キミが間違えて抜いてしまった花。ジニア……百日草って名前じゃなかった？」

「！　百日草！　それだ……！」

そうだ、思い出した。百日草だ。

思わず椅子から飛び下りたオレは、立ち上がっていた充晴兄ちゃんに駆け寄って、「思い出した！　百日草だよ！」と叫ぶ。

「良かった、思い出せて」

充晴兄ちゃんは嬉しそうに笑ってから、さっきの男の人に顔を向けて、

「癸燕さん……。聞いてたのなら、こっちに来ればよかったじゃないですか」

……癸燕さんっていうのか、あの人。

癸燕さんは暖簾をくぐって出て来ると、よいしょと小さく呟きながら下駄を履いて降りてきた。

「充晴が対応してくれたから、ここまで話してくれたんだと思うよ？」

「……まあ、そうかもしれないですけど」

「おかげで花がわかったからね。さすが充晴。これで彼の力になれそうだね」

充晴兄ちゃんと話していた、癸燕さんの眼がオレに向く。

ドキ、と心臓が跳ねたのは、色の薄い瞳が凄く綺麗で、同じくらい不思議な感じがしたからだ。

「急にごめんね、拓真くん。この人がさっき話した、管理人の癸燕さんです」

「あ……じゃあ、柄を選んでお手伝いをしてくれるっていう……?」

癸燕さんが肯定するように頷く。

「どうかな? キミの求める願いが叶う扇子とはちょっと違うけど、その子に百日草の絵柄をつけた扇子を贈るっていうのは。誤って摘んでしまった花の代わりに、ね」

と、癸燕さんをじっと見ていた充晴兄ちゃんが、はっと思い出したようにオレを見た。

「そうだ、拓真くん。ウチの扇子、その……結構高いっていうか、ひとつ一万円なんだ。それも、注文の時に納めて貰うことになってて。もし、作ろうって思ってくれたとしても、その、お金が……」

「大丈夫です! 玲兄が教えてくれたから、持ってきてる。オレ、お年玉ずっと貯金してたから」

確かにオレにとって、一万円ってかなりの大金だ。

でも、それでも欲しいと思った。オレの摘んでしまった花の代わりとして、涼風の悲しみが少しでも癒えたなら。

……あの時みたいにもう一度、仲直りできるかもしれない。

「お願いします！」

オレはぴんと背筋を伸ばして、頭を下げた。

「涼風と仲直りしたいってお願いを届けてくれる、百日草の扇子を作ってください！」

＊＊＊

終わったよ、と電話をしてから五分後。玲兄がオレを迎えに、参道前まで戻って来てくれた。

「お待たせ、拓真。どうだった？」

「あのね、百日草の扇子を作ってもらうことにした！」

オレは興奮交じりに、優しい充晴兄ちゃんが丁寧に説明してくれたこと、ちょっと不思議な感じの癸燕さんが花の名前を思い出させてくれたことを話した。

それから、願いが叶う扇子じゃなくて、神様に願い事を届ける扇子だったことも。

玲兄は申し訳なさそうに「ごめん」と言ってくれたけど、オレは全然気にしてない。

だって、オレが欲しかったのは涼風と仲直りが出来る扇子だ。

あの扇子以上に仲直りのきっかけになるものなんて思いつかないから、やっぱりオレは、ここに来て良かったと思う。

「受け取りは二週間後なんだって」

「そっか。じゃあ二週間後に、また来ような。……その時さ、オレにも見せてくれないか？」

お伺いを立ててくる玲兄に、オレは「いいよ」と頷く。

どんな扇子にするか、デザインを考えたのは癸燕さんだけど、そのおかげで凄く綺麗なのができたと思う。

（あれなら絶対、涼風も喜んでくれるだろうな）

想像して、口元が緩む。足が軽い。オレは上機嫌に玲兄の横に並んで、駅まで歩き出した。

それから、ほんの数分後。玲兄が急に、「そういえば」と足を止めた。

鞄を開けて小さな袋を取り出すと、オレの目線に合わせて腰を屈める。

「コレ、拓真にあげる」

「なにこれ」

「百日草の、種だって」

「……え？」

「いやー、さっき散歩してたら、お婆さんに声かけられてさ。種が余ったんだって。どうしようかなーって思ってたら丁度俺が通りかかったみたいで、くれたんだ。あ、そうそう！　なんでも百日草って開花時期が長くて、今から種植えても十分間に合うらしいぞ。ひとまずコレを、花壇に植え直してみたらいいんじゃないか？　いやー、偶然って凄いな！」

良かったな、拓真。オレに種の入った透明な袋を渡して、玲兄がニカリと笑う。

（……ウソだ）

そんな都合よく種が貰えるハズない。もう三年生なんだ。偶然じゃないってことくらい、オレにだってわかる。

玲兄は散歩じゃなくて、花屋さんに行ってたんだ。そこで、百日草の種を買ってきてくれた。オレのために。

（……玲兄って昔っから嘘が下手くそだよなあ）

玲兄は嘘をついている時、「いやー」が多くなる。本人は気付いてないみたいだけど。

オレが必要な嘘ってものの存在を知る前からそうで、大学生になっても、全然変わらない。

（……司令官になってもらったときに困らなきゃ、別にいっか）

だからまだ、しばらくは黙っておこうと心に決めて、オレは玲兄の嘘に騙されてあげることにした。

言えない分のありがとうも込めて、頭を下げる。

「……ありがと、玲兄」

「おう。仲直り、頑張れよ」

玲兄は昔みたいにオレの頭を撫でて、大人の顔で笑った。


休み明け。オレは玲兄に貰った種をしっかり握って、真っ先に花壇に向かった。

百日草のプレートは、あの日から外されたままだ。

確かここだったはず、とオレはあの日芽の出ていた場所を陣取って、乾いた土に水を撒いた。

それから指で横に線を引いて、少しずつ種を蒔いていく。

全部蒔いたらそっと土を被せて、またたっぷり水をあげた。

(よし。じゃあ、最後の仕上げっと)

ポケットから『百日草』と書いたプレートを取り出して、土に挿す。

これはオレが作ってきたやつだ。涼風の作ってくれたプレートより字が汚いけど、早く育って綺麗な花が咲きますようにってお願いしながら書いた。

「ちゃんと水遣りしてやるから、大きくなれよ」

両手を合わせて、念じる。その瞬間。

「……なに、してるの」

「！　涼風！」

振り返ると、涼風がいた。変な顔をしている。当然だ。涼風の担当エリアを、オレが勝手にいじっていたんだから。

「いや、今日は勝手に草取りしてないから！　大丈夫！　あのな、見てくれ、これ！」

指さしたプレートの文字を読んだ涼風が、「っ、百日草……？」と小さく呟く。

「そ！　えーと、前に話した玲兄が種貰ったとかで、くれたんだ。百日草って、今からでも間に合うんだってな。あ！　水遣りとか、オレがちゃんと面倒みるからさ！　花咲くまで、ちょっと待っててな！」

涼風が、言葉を飲み込むようにして、開いた唇を閉じた。

ギュッと寄った眉。悲しそうな顔をしたかと思うと、すぐに伏せてしまった。

（あ、あれ？　オレ、もしかしてまた余計なことしちゃった？）

焦りに「すずか――」と呼びかけた名前を、妙にハッキリとした声が遮った。

「それは、無理」

「……え？」

顔を上げた涼風の、強い瞳がオレを射る。

「……私、二週間後に引っ越すから」

「……へ？」

あまりにも唐突な宣言。オレの頭は真っ白になってしまって、それ以上、声も出せないでいた。

引っ越す、と口にした涼風が、怒っているのか、呆れているのか、悲しんでいるのか。

友達でもないオレには、何ひとつわからなかった。

ぼんやりしながら教室に戻ると、朝の会で先生が「残念なお知らせがあります」と言った。

「突然ですが、涼風さんが引っ越すことになりました」

本当だったんだ。いや、疑ってたわけじゃないけど。

教室での涼風は、さっき見せた表情が嘘みたいに、いつも通りの顔をしていた。

先生に促されて前に立っても、

「二週間後、北海道に行くことになりました。それまでよろしくお願いします」

淡々と述べる涼風は、当然、オレのことなんて一度も見ない。

北海道。北海道？　北海道って、あの一番上の頭みたいなところだよな？

どうやって行くんだろう。たぶん、飛行機。遠いな。もう、会えないんだろうな。

ぐるぐると回る脳みそに、酔いそうになる。

「――あ」

そうだ、扇子。

ヒヤリと心臓が冷えたけど、即座に思い直す。

（二週間後、なら、ギリギリ間に合う）

扇子を受け取るのは土曜日。涼風の引っ越しは二週間後だから、二日ほど余裕がある。

（……百日草、咲いたところ、見せてあげられなかったな）

だからせめて、扇子だけは。

その日を最後に、涼風は朝の手入れに来なくなった。

涼風が休んだんじゃない。先生が、引っ越しの準備が忙しいだろうからと、涼風の係活動を免除したのだ。

先生にしばらく一人でも平気かと訊かれ、オレは大丈夫だと答えた。

元々そんなに大変な作業じゃない。

それに、なんとなく。まだ、涼風と一緒に作っていたこの花壇を、誰かにいじられるのは嫌だった。

そうして涼風との接点がまったくなってしまってから、一週間と五日後。オレはまた、あのちょっと不気味な鳥居をくぐっていた。

今日はついに、受け取りの日。リュックを背に早足気味に進んでいくオレの後ろから、玲兄が「ちょっと、早いよ、拓真」と慌ててついてくる。

昨日は涼風の最後の登校日だった。クラスで簡単な送別会をしていた最中、一度だけ目が合ったけど、すぐに逸らされてしまって「さよなら」も言えていない。

（さよならは、今日、ごめんって伝えてから言おう）

百日草の扇子を渡した、その時に。

「――こんにちは！」

玲兄を急かして超特急で参拝を済ませたオレは、待ちきれない興奮のまま勢いよく戸を開けた。

迎えてくれたのは、充晴兄ちゃんだった。「こんにちは」と笑顔で会釈してからオレの背後に視線を移して、

「もしかして、玲兄さんですか？」

「あ、ハイ。今日は一緒にお邪魔します」

「どうぞどうぞ。拓真くん、いま扇子出すから、玲兄さんとこの間の椅子に座っててくれる？」

「うん、わかった」

こっち、と玲兄の手を引いて、右側にあるこの間座った椅子に案内する。

充晴兄ちゃんは長い暖簾がかかった上がり口に顔を突っ込んで、

「癸燕さーん！　拓真くん、来ましたよー！」

「……癸燕さん？」

オレに疑問の眼を向けてくる玲兄に、

「ここの管理人さん」

「神主さんじゃなくて？」

「あーと、うち、神主不在の神社なんです。今はその管理人と俺が、この神社のお世話を

任されています」

代わりに説明してくれた充晴兄ちゃんの言葉に、玲兄は「そうでしたか」と納得したように頷く。

充晴兄ちゃんは、「ちょっと失礼しますね」と靴を脱いで、暖簾の向こうに行ってしまった。

足音が遠のいて、でもすぐに戻ってきた。手には黒いトレーを持っている。

「お待たせ、拓真くん。これが出来上がった扇子です」

艶やかで高級そうな布の上に、折りたたまれた扇子がひとつ。

「広げて、確認をお願いします」

充晴兄ちゃんの置いたトレーが、小さく机を鳴らした。オレは頷いて、慎重に扇子を手に取る。

（……緊張する）

壊さないように、破かないように。丁寧に扇子を広げる。

瞬間、オレは息をのんだ。

目に飛び込んできたのは、色とりどりの百日草が咲く花畑。

「……すごい」

「……すごいな」

隣から、玲兄の驚いた声がする。

クリーム色の柔らかな背景の上に、これでもかと咲き誇る百日草。はっきりとした色合いの、赤、ピンク、黄色、白。なかには二色使った花もある。

二週間前、癸燕さんが提案してくれた通りのデザインだ。

知ってた。でも、これは想像していたよりもずっと綺麗で、心臓がどきどきする。

「大丈夫？　気に入ってくれた？」

心配そうな顔で尋ねる充晴兄ちゃんに、オレは顔を上げて「うん」と力強く頷いた。

充晴兄ちゃんが、安心したような笑みを浮かべる。

「良かった。これで、仲直りできそう？」

「うん、できる！」

（これなら絶対、涼風も喜んでくれる！）

食い気味に答えたオレに充晴兄ちゃんは笑顔で頷くと、

「それじゃあ包んでくるから、もう一度預かってもいいかな。ちょっと待っててね」

扇子を乗せたトレーを持って、充晴兄ちゃんは暖簾横の小さな台に向かっていった。反対側に回ると、しゃがんだり立ったりを繰り返して、小箱や紙袋を取り出している。

（よし、これで準備万端だ）

あとは明日、涼風の家に行って謝れば——。

「あれ？　拓真、携帯鳴ってるぞ」

「っ、ホントだ」

玲兄に言われて、オレは足元に置いていたリュックからキッズ携帯を取り出した。そう言えば、電車に乗る時にマナーモードにしてたんだった。

取り出すと、予想通りかーちゃんの名前が表示されている。

なんだろう？　オレは不思議に思いながら、「もしもし」と電話に出た。

『あ、拓真？　まだ玲くんと買い物中？』

「そうだけど」

『アンタ、明日同じクラスの涼風ちゃんのトコに、さよならしに行くとか言ってなかった？』

「うん、行くよ」

『さっき岡崎ちゃんトコのお母さんに会ってね。涼風ちゃんの引っ越し、今日だったらしいわよ？　岡崎ちゃん達、プレゼント持ってお家までお見送りに行ったんですって』

「……え？」

『ねえ、拓真。アンタ、ちゃんと引越しの日にち訊いたの？』

――きいてない。

あの日、涼風が言った二週間後っていう言葉を、オレが勝手にその日から二週間だと思い込んだだけだ。

「っ、どうしよう、玲兄」

「どうした？」

通話を切ったオレは、震える両手でキッズ携帯を握りしめ、

「涼風、今日が引っ越しだったんだって。クラスの子が、もう見送りに行ったって……オレ、オレきかなかった。涼風に。ちゃんとした引っ越しの日にち。勝手に間に合うって、思ってた」

「拓真っ、落ち着いて」

「どうしよう、涼風、行っちゃった……！　扇子、渡せない……オレ、ちゃんと謝れてないのに……っ！」

視界を滲ませた涙が、ポロポロと目から零れ落ちていく。

でもそんなの気にならないくらい、オレはパニックに陥っていた。

どうしよう。どうしよう。どうしよう……！

玲兄の声が遠くに聞こえる。なんだか呼吸も苦しくなってきた。身体が勝手に、ひっくひっくとひゃくりあげている。

膜を張ったような鼓膜のなか、飛び込んできた声が、ぐわんぐわんと揺れる世界からオレを引っ張り出した。

「――さて。じゃあ、行こうか」

……癸燕さん？　いつの間に。

「……いく？」

呆然と目を向けるオレに、癸燕さんはニコリと笑って、

「うん。急がないとね」

「癸燕さん！　急になんですか？　行くって……」

わけがわからない、と眉を寄せる充晴兄ちゃん。うん、オレも同じ気持ち。

けど癸燕さんは、落ち着いた足取りで充晴兄ちゃんの傍に寄ると、

「はいこれ、充晴」

「はいって……車の鍵？」

不思議そうに呟いた充晴兄ちゃんが、はっとしたように顔を跳ね上げた。

「っ、癸燕さんまさか」

「その、まさかだよ。よろしくね、充晴」

「！　車、表に回してくるんで、あとよろしくお願いしますっ！」

「うん、頼んだよ」

勢いよく飛び出して行った充晴兄ちゃんを見送って、癸燕さんは扇子の入る小箱に白いリボンをかけた。

それから白紙のメッセージカードを、箱とリボンの間に差し込む。

「あ、あの」

戸惑いがちに、玲兄が口を開いた。癸燕さんは小箱を紙袋に入れながら、

「さて、キミ達も準備はいいかな。忘れ物のないようにね」

薄い、宝石みたいなふたつの瞳が、オレ達を促す。

「それじゃあ、行こうか。枯れない百日草を届けに」

＊＊＊

「普段、車のことなんて全然気にしないくせに、昨日急にガソリンある？　なんて訊いてくるから……。てっきり、テレビかなんかで新しい菓子屋でも見つけたんだと思ってました」

「知ってた？　充晴。羽田空港には幾つもの菓子屋があるんだよ。一度に多くの店を回れるなんて、実に効率的だよね」

「主の！　目的は！　拓真くんの仲直りですからね！」

運転中の充晴兄ちゃんの横。助手席に座った癸燕さんが「もちろん」と笑む。

その後部座席に座るオレの膝には、扇子の入った紙袋。隣に座る玲兄は、まだ状況が飲み込めていないような顔をしている。

「あの、すみません……」

「どうしました？　玲兄さん」

「拓真のためにここまでして頂いて、本当に感謝しています。ただその……間に合うんでしょうか？　それに、羽田空港なんて広すぎて、その、行ったところで会えないんじゃ……」

「大丈夫ですよ」

ハッキリとした声で、充晴兄ちゃんが答える。

「この人……癸燕さんが行くって言いだしたんで、会えますよ」

「連絡先もわからないのに、どうやって……」

「えーと、明確な根拠を提示できないのが辛いところなんですけど、この人、いわゆる第六感っていうのがありまして」

「第六感？」

オレが訊くと、充晴兄ちゃんが「つまりね、凄く勘がいいってことだよ」と言い直してくれる。

「……勘がいいってだけで、会えるの？」

「それがね、会えるんだよねえ……」

ため息交じりに言ってから、充晴兄ちゃんは「ともかく」と表情を引き締めた。

「安心して。絶対に会えるから。……伝えたい想いを抱えたままサヨナラなんて、そんなの、絶対に駄目だ」

渋滞を抜けて、なんとか羽田空港の駐車場に車を停めたオレ達は、急ぎ足で国内線ターミナルへ向かった。

とにかく広い。おまけにスーツケースを持った大人の人たちが、数えきれないくらいウロウロしている。

本当に、この中で涼風に会えるんだろうか。北海道に行くってだけで、何時の便に乗るのかも知らない。

不安に腕の中の紙袋を抱える。と、周囲を見渡していた癸燕さんが「こっちだね」と歩き出した。

脇目もふらず、まるで見えない糸を辿るように、迷いなく歩いていく。

さっきまで「わあ、あれ美味しそう」「ねえ、充晴。帰りにあそこ寄っていこう」とか言って、充晴兄ちゃんを困らせていた人とは、別人みたいだ。

(……本当に、会えるのかも)

頼もしい背中に不安よりも期待が大きくなってきて、オレも涼風の姿を積極的に探すようになった時。

「……ここだね」

柔らかな日差しが降り注ぐ、人の行き交う通路の中央に並んだベンチ。

雑多の中、小さなリュックを背負った、紺色のワンピースの――。

「っ、涼風!」

叫んだ声に、涼風が顔を向けた。オレは走り出す。

驚いたように立ち上がり、口元を覆う涼風。その目の前で急停止して、オレは乱れた息を整える。

「っ、なんで……？」

「オレ、てっきりあの日から二週間後だと思ってて……！　見送り、明日行こうと思ってたんだ。馬鹿だよな」

へにゃりと笑うと、涼風は困ったように視線をさ迷わせた。

こうして言葉を交わすのは、引っ越しを告げられたあの朝ぶりだ。

懐かしさが悲しさにすり替わる前に、オレは抱えていた紙袋を涼風に差し出した。

「コレ、何も言わずに貰ってくれ」

「……？」

「頼む」

戸惑いがちに伸ばされた指が、紙袋の持ち手を握る。

受け取ってくれたのを確認して「開けてみて」と言うと、涼風は小さく頷いて小箱を取り出した。

一瞬、たじろいだ指先。くっと微かに唇を引き締め、白いリボンの端を引く。

するりと解けた紐。涼風は上に乗った白紙のメッセージカードと一緒に、小箱の蓋を持ち上げた。

「……扇子？」

確かめるような呟き。

「広げてみて」

促され、扇子を広げた涼風が、目を見開いて息を詰める。

――今だ。

すかさずオレは頭を下げた。

「ゴメン、涼風！」

「！」

「オレ、あの時……岡崎さんに涼風との関係をきかれた時、本当は、友達だって言いたかったんだ。けど、オレが一方的にそう思ってるだけで、もし涼風は違ったらって思ったら急に怖くなっちゃって……。そしたら、あんな言い方になっちゃって」

「………」

「早く謝らなきゃって焦って、台風の次の日、いつもより早く行ったんだ。花壇も、涼風のトコまで綺麗にして、〝せいい〟を見せようと思って。そしたら、プレートが半分くらい吹き飛んじゃっててさ。オレ、二か月前に涼風が新しい種蒔いてたの、すっかり忘れてたんだ。だから雑草と間違えて、大事な百日草を抜いちゃって……。本当に、ゴメン。オレが悪いんだ、全部。本当にごめんなさい」

「……それで、この扇子を？」

「抜いちゃった百日草のかわりになるか、わからないけど。……オレが植えたやつは、間に合わないからさ」

きっとこれが、涼風と話せる最後のチャンスだ。

『伝えたい想いを抱えたままサヨナラなんて、そんなの、絶対に駄目だ』

　車の中で聞いた充晴兄ちゃんの言葉が、飲み込みかけた感情を音にさせる。

「オレ、涼風を悲しませたり、怒らせてばっかだったけど、すげー楽しかった。一緒にお花係ができて、涼風の絵が見れて、将来の野望も、ちゃんと聞いてくれてさ。涼風が居なくなるの、めちゃくちゃ寂しい。けど、仕方ないことだから。……涼風はオレのこと嫌いになっただろうけど、どうしても最後にちゃんと、謝りたくて。……できることなら、仲直りしたいなって」

　両手に決意を握りこめて、オレはすうと息を吸った。「涼風！」と右手を差し出す。

「よかったら、オレとお友達になってくれませんか！」

「っ！」

　言った。言ってしまった。でも後悔はない。

　駄目でも仕方ない。だって、オレはそれだけ酷いことをした。

　けど、いいんだ。それでも。言わないでサヨナラするよりは、全然いい。

　長いのか短いのかわからない沈黙の後、綿毛を吹くような、涼風の声がした。

「……私ね、前の学校でイジメられてたんだ」

「！」

「なんでもできるからって、調子にのってるって。イイ子ぶって先生にひいきされて、喜んでるって。いくら違うって言っても、誰も聞いてくれなかった。その時にね、決めたの。

今度の学校では目立たないようにして、友達も、いらないって。どうせまた、こうやって突然引っ越すことになるのは、わかってたから」

「すずか――」

「聞いて。……お花係になったのは、誰もやりたがってなかったし、他の係より一緒の人と話さないで済みそうだったから。だけどね、一緒になった男の子は凄く明るくて、優しくて、私相手でも、変わらずに接してくれる人だったの。……楽しかった。一緒に朝、畑と花壇の手入れをするの。しかもね、その人は私の絵を見て本当の私に気付いても、誰にも言わずに、一緒にヒーローになろうって言ってくれたの。……嬉しかった。本当にいつかそんな未来が来たら、きっと楽しいだろうなって思うくらい」

「涼風……」

「けどね。私、その時にはもう、引っ越すかもって聞いてて。それで、百日草を植えたの。……百日草の花言葉って、知ってる?」

「花言葉? ううん、全然……」

「遠い友を思う」

「!」

「他にもね、花言葉はあるんだけど、私にはその言葉がピッタリだなって思ったから」

扇子と小箱を紙袋に収めて、小さな両手が、オレの右手を包み込む。

――どこからか、風が吹いた。

「……私もね、友達かな、友達だったらいいなって、ずっと思ってた。あんなに友達なんていらないって感じてたのに、それでも、友達になれたら嬉しいなって思っちゃったの。……八木くんと」

「！　涼風……っ」

　そういえば、名前、呼んでくれたの初めてだ。

　涼風は照れ臭そうに肩を竦めてから、そっとオレの手を離した。

「……岡崎さん達のことがあった時、あ、私また迷惑かけちゃったんだってショックだった。しかも今度は、八木くんまで巻き込んじゃったから、余計に。八木くんは優しいから、きっと、気にせず今まで通り接してくれるってわかってたけど、これ以上迷惑をかけたくなくて。距離をおこうと思って、キツイ言い方をしちゃったの。……でもね。やっぱり少しくらい……朝の時間くらいは、今まで通りでも許されるんじゃないかな、なんて甘えた考えで学校に行ったら、八木君が百日草を抜いちゃってて」

　その時のことを思い出しているのか、涼風は苦しそうに眉をぎゅっと寄せた。

「ワザとじゃないって、八木くんが悪いんじゃないって、分かってた。でもそれがね、神様から、友達じゃない。思い上がるな、って釘をさされたように感じて……それが悲しくてつい、泣いちゃったの。その後すぐに引っ越しがちゃんと決まって、先生から、係に行かなくていいよって言われて。……これでいいんだって思った。八木くんは私のこと、面倒な子だって思っただろうけど、それでいいやって。だってもう、さよならだから」

けどね。涼風は扇子を取り出して広げると、大切そうに花を撫でた。

「本当はね、寂しかった。ちゃんと仲直りしておけばよかったなって、後悔してた。……来てくれてありがとう。扇子、大事にするね」

扇子を胸に抱いて、涼風が微笑む。

仲直り、という目的は達成した。けど、こんな話を聞いてしまったら、このままバイバイなんて言えない。

「……なあ、涼風。新しい住所わかる？」

「え？　うん、わかるけど……」

「教えてくんね？　オレが植えた百日草、一緒に見るのは無理だけど、咲いたら写真送るからさ！」

「っ、いいの？」

「おう！　それとさ、さっきヒーローになるの楽しそうって言ってくれたけど、それって、仲間になってくれる可能性がかなり高いって意味であってる？」

途端、涼風が戸惑いがちに目を伏せる。

「……でも私、北海道に……遠くに行っちゃうし……」

「でもさでもさ、もしかしたらまた引っ越しして、近くに住む可能性だってあるだろ？　オレさ、やっぱり涼風の力が必要だと思うんだ。だから、涼風が嫌だって思うまでは、諦められない。ヒーローにはさ、信じる心が必要なんだぜ！」

親指を立ててニッと笑うと、涼風も「……そうだね」と笑ってくれる。

「私も、また会えるって、信じたい」

うん、やっぱり、涼風とヒーローになりたい。

「会えるって、絶対！」

それから涼風は、あの白紙のメッセージカードに住所を書いて、オレにくれた。

買い物から帰ってきた涼風の両親に挨拶をすると、搭乗時間までまだ時間があるからと、オレ達を残してまたどこかへ行ってしまった。

オレ達は並んで座って、たくさん話した。

扇子を作ってくれた、充晴兄ちゃんと癸燕さんのこと。ずっと心配してくれていた、玲兄のこと。

今日が引っ越しだったってことは、かーちゃんが岡崎さんから聞いて電話をくれたんだと告げると、涼風は「そうだ、岡崎さん」と彼女達のことを話してくれた。

お別れのプレゼントを持って現れた彼女達は、揃って涼風さんに謝ったらしい。

ちゃんと仲直りしたのだと話した涼風さんは、

「あのね、岡崎さん達にも事情があったの。だから、悪く思わないであげて」

「事情？」

「……女の子にはね、色々あるの」

そう微笑む涼風さんがちょっと楽しそうだったから、オレはそうなんだ、と納得することにした。

夢中になってる時間はあっという間。

涼風は「本当に、ありがとう」と嬉しそうな、それでいて寂しそうな笑顔で手を振り、行ってしまった。

遠くから見守ってくれていた玲兄達と合流したオレは、ガラス張りの展望デッキに移動して、テラスに出た。

どこからか吹いてくる風が、気持ちいい。

「きっと、あれじゃないかな」

癸燕さんが、滑走路に向かって動き出した機体のひとつを指さした。

どうやらあの飛行機に、涼風が乗っているようだ。

(……北海道では、自分らしく笑えるといいな、涼風)

今日、初めて知った表情がたくさんある。もったいない。

徐々に速度をあげて離陸した飛行機が、青空にエンジンを轟かせて飛び去っていく。

オレは力いっぱい手を振って、両目を覆いそうな涙をぐっと堪《こら》えた。

だって、オレ達は友達だから。これで終わりじゃない。

「涼風ー！　元気でなーっ！」

帰ったら早速、手紙を書こう。それからも、何度だって。

残されたメッセージカードが風にさらわれないよう握りしめて、振り返る。玲兄に、充晴兄ちゃんと癸燕さん。協力してくれた三人は皆、優しい眼でオレを見つめている。

「ありがとうございました」

オレが深々と頭を下げると、

「また、きっと会えるさ」

玲兄が頭を撫でてくれる。オレは「うん」と頷いて、充晴兄ちゃんの側に寄った。

気付いた充晴兄ちゃんが、腰を屈めてくれる。

「ちゃんと気持ち、全部言えたよ」

「良かった。言えないままでいると、ずっと辛いだろうから」

「……あのさ、充晴兄ちゃん。耳、貸して」

「ん？」

首を傾けてくれた充晴兄ちゃんの耳元に両手を立てて、オレは声を潜める。

「あのさ。充晴兄ちゃんと癸燕さんって、実はヒーローだったりしない？」

まだよく理解できていないけど、癸燕さんの第六感ってやつのおかげで涼風に百日草の扇子を渡せたし、充晴兄ちゃんの手助けがあったら、オレ達は友達になれた。

めちゃくちゃ凄いし、めちゃくちゃカッコいい。

（もしかしたら、神社の管理人っていうのは世を忍ぶ仮の姿で、二人の正体はヒーローなのかも）

それでオレみたいに困っている人を、こっそり助けている。うん、きっとそうだ。

期待を込めて見上げると、充晴兄ちゃんはキョトンとした顔をしてから、すまなそうに笑った。

オレの耳に手を立てて、ひそひそ声で答える。

「残念だけど、ヒーローではないかな。拓真くんはヒーローになりたいの？」

「うん」

「そっか。拓真くんなら、大切な人の心を救えるヒーローになれるよ。応援してるね」

斜め後ろにいた癸燕さんを見遣ると、同調するように頷く。

話し声、聞こえてないはずだけど。これも第六感ってやつなのかな？　やっぱり凄い。

また一機、誰かの大切な人を乗せた飛行機が、大空めがけて飛んでいく。

（……ヒーローになったら、充晴兄ちゃんと癸燕さんも誘ってみよう）

広がっていく未来に心を弾ませながら、オレは満開の百日草に想いを馳せていた。

第三話 ═運命の輪と大嫌い═

「え、なんで」

ダンス部の練習を終え、高校から帰宅した直後。台所に立つお母さんの手元を見て、私、岸島明莉《きしじまあかり》は思いっきり顔を顰めた。

「今日はオムライスだって言ってたじゃん」

そう、オムライス。私の大好物。

だからおやつも我慢して、寄り道もせずに帰ってきたというのに。

コンロに乗った天ぷら鍋。白い衣を纏った、エビの尻尾。

(……エビフライ)

お父さんの、大好物。

お母さんは「ごめんねえ、でも」と悲し気な顔をして、

「お父さん、今日取引先でお茶ひっくり返しちゃったみたいで、凄く落ち込んでるのよ」

……ざまあみろ。

コンロと向き合ったお母さんに気付かれないよう、小さく鼻で笑う。

私はお父さんが嫌いだ。小さい時から、遊んでもらった記憶はほとんどない。休日にいないなんてことも、しょっちゅうあった。

だからなのか、そういう方針なのか。運動会も発表会も、授業参観だって一度も来たことがない。

いつだって仕事優先。

ごくたまに、お母さんと私を連れて出かけることもあったけど、側にいてくれるのは、いつだってお母さんだけだった。

だから私にとって〝お父さん〟は、時々いる、とりあえず同じ家に住んでる人だった。

そんな私の不信感を知ってか知らずか、お母さんはいつだって、お父さんは私たちのためにお仕事を頑張ってくれているんだって言っていた。

そんなの、嘘だ。

私のお父さんは、私たち家族よりも仕事が好きな人。それだけ。

お母さんだって本当はわかってるくせに、気付きたくなくて、そう思い込もうとしている。

可哀そう。私はお父さんみたいな人と結婚するくらいなら、ずっと一人でいる。

その日は珍しく、三人揃っての夕食だった。お母さんが「ねえ、お父さん」と、思い付いたように箸を置いた。

「一度、お祓《はら》いに行ってみたら？　ほら、最近物忘れとか、間違えてたとか、なんだからしくないこと続きでしょう？　ボケるにしてはまだ早すぎると思うのよねー」

　黙って聞いていたお父さんは、渋い顔で一番大きいエビフライを咀嚼してから、

「……いや、ただ俺が不注意だっただけだ。気を付ければ問題ない。それに、このプロジェクトが終わるまでは、できるだけ集中していたんだ。不確実な可能性に思考を割きたくない」

「あらそお？　意気込むのはいいけど、ちゃんと体調には気を付けてちょうだいよ？」

「ああ」

　……ほらね。そうやってまた、仕事、仕事、仕事。

　こっちがいくら心配してあげても、お父さんに見えてるのは仕事だけ。何が犠牲になろうと、関係ない。そういう態度がムカつく。

「……ごちそうさま」

　私はまとめた食器を手に立ち上がる。途端、お父さんが口を開いた。

「明莉、友達と遊んでいられる部活が楽しいのはわかるが、学生の本分は勉強だってことを――」

「お母さん」

　苛《いら》立《だ》ちに荒げた声で、お父さんを遮る。

「私、高校に入ってから成績落としたことある？」

「ええと、ないわね」

「ほらね。だから、大丈夫」

逃げるようにして、二階の自室に閉じこもる。

ああ、ほんと、ムカついてしょうがない。

どうせ私の成績なんて見たことないくせに。ううん、興味があるのかすら怪しい。

だったら放っておいてくれればまだマシなのに、どうしてああも思い付きのように父親ぶるのだろう。

私はもう、十六歳だ。分別がつかない子供じゃない。

(……でも、ちょっと意外)

閉じた自室の扉を背に、私はベッド横に掛けたカレンダーを目だけで追う。

お父さんの異変は、私があの扇子を渡した日から始まっている。

「この扇子、鎌倉の神社で売っててね。お守りになるんだって」

食卓でひとり晩酌中だったお父さんは、ニコリともせずに私と扇子を交互に見て、

「……そうか。貰っておく」

ありがとう、なんて期待していない。だって私の目的は、お父さんがこの扇子を受け取ることだ。

陰りそうになった心をそう叱咤して、「うん、大事にしてね」と笑顔で渡した。

その、三日後。洗濯物を取り込み終えたお母さんが、鳴ったスマホを手に取って「……

あら？」と首を傾げた。

「どうかしたの？」

ソファーに寝そべりながら録画ドラマを見ていた私は、一時停止を押して、お母さんを振り返った。

「お父さん、今日帰ってこれないかもしれないって」

「ふーん、急な泊まり込みって久しぶりじゃん」

「なんかね、お父さんったら、お客さんと約束してた納期を間違えちゃったんですって」

おかしい。私は即座にそう思った。

あの、手帳にびっしりと予定を書き込んでいるお父さんが、納期を間違えるなんて。初めて聞いたかも。

（……あ、もしかして）

私の脳裏に、渡した扇子が過る。

これは、さっそくあの扇子の効果が出てきているのかもしれない。

＊＊＊

「明莉、起きてる？　ちょっといい？」

日付が変わる寸前、私の部屋の扉を叩いて、お母さんが顔を覗かせた。

「なに？」

「大事な話があるのだけど、下来れる？」

そう言うお母さんの顔がどこか深刻そうで、私は渋々ベッドから身体を起こし、スマホを置いて階段を降りた。

リビングに入ると、食卓のいつもの席にお父さんが座っていた。

帰ってきたばかりらしい。シャツからネクタイを引き抜いただけの姿で、机上に用意されている箸はまだ綺麗なままだった。

「……まだ起きていたのか」

咎《とが》めるつもりなのか、呆れているのか。いちいち癇《かん》に障《さわ》る言い方にカチンときたけども、空気を読んで「もうすぐ寝るつもりだったの」とだけ答えて、お父さんの向かいの席に座った。

お母さんはお父さんの隣の椅子を引いて、腰を落とすよりも早く「あのね、明莉」と切り出した。

「場合によっては明莉にも関係あることだから、早めに言っておかなきゃって思って」

これは、どうやら想像以上に深刻な事態なのかもしれない。

小さな怒りをぎゅっと握りつぶして、不安に駆られながら私は背を正した。

「……なんかあったの？」

いつもより眉間の皺を濃くして、お父さんが口を開く。

「新しく立ち上がったプロジェクトのリーダーとして指名された。協力会社も多く、かなり規模が大きい仕事になるが、受けようと思っている」

「…………へえ」

え、まさかこれ？　いや、別にお父さんの仕事なんて興味ないんですけど！

自慢したかっただけ……なんてオチじゃないよね。そんな疑念に目を細めると、察したのかそうでないのか、お母さんが「それでね、問題なのはその後なのよ。ねえ、お父さん」と先を促した。

「その後？　お父さんのその仕事の後に、何かあるってこと？」

お父さんはますます顔を怖くして、

「……この仕事が成功したら、製品が問題なく稼働しているか、現場に赴いて確認に回る必要があるだろう。問題があれば、対応も。今度のモノは、日本全国の顧客を相手にした製品だ。短期出張ですめばいいが、必要に応じて、転勤の辞令が出される場合もある」

「……転勤？」

「あくまで、可能性のひとつだが」

「え？　だって、そうしたら私の学校は？　この家は、どうするの？」

思わず早口で捲《まく》し立てると、「落ち着いて、明莉」とお母さん。

「お父さんと話したんだけど、転勤になった場合は、お父さんだけで行ってもらおうと思うの。単身赴任ってやつね」

「単身赴任……」

「せっかく明莉が頑張って入った高校だもの。転校なんてさせたくないし、場合によっては大学受験と被っちゃうかもしれないでしょう？　明莉がちゃんと落ち着いて集中できる環境にしておきたいのよ。ほら、お父さんだって、すぐ帰ってくることになるかもしれないし」

（……単身赴任。お父さんが、いなくなる）

つまり、私達家族は、仕事に負けたってこと？

「……あくまでまだ、可能性の話だ。もちろん、まったく別の社員が担当するという選択肢も――」

「お父さんは、それでいいの？」

言葉を遮った私は、睨み付けるようにしてお父さんの顔を見た。

「転勤になった時は、単身赴任ってことで、納得しているの？」

お父さんは一瞬、戸惑ったように瞳を揺らしたけど、

「……ああ、もちろんだ」

（……やっぱり、そうなんだ）

確信に、黒く淀んだ思考がどろりと胸中を埋め尽くす。

結局、お父さんは私達よりも、仕事が大切なんだ。

その翌日からお父さんは、目に見えて忙しくなった。元々忙しい人だったけど、余計に。帰ってくるのは深夜が多く、朝早くに出ていく。休日もほとんど出社していて、たまに休みになったと思ったら、二階にある物置ほどの小さな書斎にこもりっぱなし。

そんなお父さんの姿を見るたび、私のイライラは際限なく積もり溜まっていく。

カラオケに行っても、フルーツたっぷりのタルトを食べても、全然ダメ。

ガス抜きよりも供給が早すぎて、このままじゃストレスで破裂しそうなんですけど！

と方々に当たり散らしていたある日のこと。

〝願いの叶う扇子〟があるらしい。

そう、ダンス部の友人が興奮交じりに告げてきたときは、ただの噂話だと話半分に聞いていた。

けれども『噂話』も繰り返し学校のあちこちで聞くようになると、「もしかしたら、本当なのかも」と思うようになってくるもので。

俄然興味の湧いた私は、早速スマホを駆使して、その噂を調べた。

本当に願いが叶う扇子があるのなら、お父さんに復讐することができる。そう思ったから。

世界中の情報が集められるネットですら、その扇子の存在は「噂」扱いだった。

でも、確かにそうした扇子を扱っている神社があるらしい。

場所は鎌倉。竹林に囲まれた、『嘉風神社』。

見つけた記事の中で一番信憑性のある、その神社の扇子を持っているというフラワーデザイナーさんのブログによると、どうやら柄は「管理人のお任せ」と「持ち込み」のどちらかで作れるらしい。

境内の竹を骨に使った、完全オーダーメイドの扇子。おまけになんと、お守りにもなる。

願いが叶うと噂されているのは、「お任せ」で見繕ってもらった柄の意味に後押しされた客が、そう人に話すようになったからだと書いてあった。

扇子自体の効能は、あくまで神様に願い事を届ける扇子ってだけ。願いが叶うかどうかは、神の御心次第。

（なあーんだ、絶対願いが叶うってわけじゃないんだ）

落胆した私は、すぐに「でも」と思い直す。

もしも。お父さんがプロジェクトを失敗するような……そう、たとえば「不運を呼び込む絵柄」が描かれた扇子を作ってもらって、それをお父さんがお守りとして持ち歩いたとしたら。

神様は、願い通り不運を起こして、お父さんのプロジェクトを大失敗に導いてくれるんじゃあ……。

（……試してみる価値はあるかも）

扇子の価格は一万円。まだ手を付けていないお年玉だってあるし、短期バイトで稼いだお金もまだ少し残っている。

払えない金額じゃない。

「……よし」

私は心を決めて、なら次はと柄探しを始めた。

不運を呼び込む意味を持っていて、一見、そうとはわからないやつ。それでいて、中年男性が使っていても違和感のない。

「……お父さんが全然興味ない分野から探さないと」

バレてしまったら計画破綻。おまけに、とんでもなく面倒なことになる。

でも、仕方ない。その時はその時だ。だってお父さんは、家族を捨てたんだから。

――全部全部、お父さんが悪い。

スマホで検索をかけては消し、ぴったりな絵柄探しに二時間ほど没頭していた私は、ふとある出来事を思い出した。

あれは確か、小学四年生の時。当時、私は大好きだった少女漫画の影響で、もっぱらタロットカードに夢中だった。

意味を調べてみたり、付録のカードを使って簡単な占いをしたり。そうしてある日、いつものようにリビングでカードを広げていた私に、珍しく近付いてきたお父さんが言ったのだ。

『もっと将来、役に立つことをしなさい』

たった一言。そのたった一言で、お父さんは的確に私の幼心を踏みにじった。

あれ以来、タロットカードは机の奥底にしまい込んでいたはずだけれど……。

「ええと……あ、あった」

捨てることすら忘れられた、哀れなカード。

まさかこんな形で再会するなんてねーとボヤキながら、私は朧《おぼろ》げな記憶をたよりにあるカードを探した。

「……これだ」

――運命の輪。

円形の、時計というよりは方位磁石みたいな輪が中心部に描かれていて、その輪の上部には剣を持ったスフィンクスが乗っている。カードの四隅には、翼をもった異なる生物が一体ずつ。

正位置だと幸運とか好機とか、いわゆるツキが巡ってきていることを表す。けど逆位置だと文字通り、正反対の意味を持つカードだ。

「……思わぬ不運、好機を逃す」

これだ。私はカードを見つめて、ひとりほくそ笑む。

お父さんなんて、大好きで大好きで仕方ない仕事で、失敗すればいい。

次の土曜日、私は北鎌倉駅に降り立っていた。

観光客に賑わう駅舎を抜けて、一人スマホの地図を片手に細道へと入っていく。

こっちです、っていう案内の看板くらい立てたらいいのに。

「人が来てなんぼの商売のくせに、やる気なさすぎない？」

複雑な地形に腹を立てながら、坂を登っていく。

スニーカーで来て良かった。歩いて歩いて、私はやっとの思いでその神社を見つけた。

竹林に守られた、古めかしい外観。ある意味フォトジェニックだけど、友人達が喜ぶ類ではない。

なんだかここだけ別の空気が漂っているような、不思議な感覚がする。

「……ちょっとワクワクしてきたかも」

とりあえずスマホで一枚写真を撮ってから、欠けた石でゴツゴツした参道を歩き始めた。

休日だというのに、参拝客は私一人。

まあ、だよね。だって鎌倉には、神社やお寺があちこちにある。

なのにあの隠すような竹藪に、薄暗い参道だもん。観光中にたまたま見つけたとしても、私なら、わざわざここで参拝しようとは思わない。

壊れかけの鳥居をくぐると、程なくして視界が開けた。すぐに見つけた手水舎で、とりあえず手を洗う。

口はスルー。だって、お腹壊したら嫌だし、せっかく付けたリップが落ちちゃうし。

「えーと、五円玉あったかなー」

小さい頃からお母さんが『五円は〝いいご縁に恵まれる〟なんだって』って言うから、

私も参拝する時は五円玉を探すようになってしまった。

奇跡的に一枚だけあった五円玉を賽銭箱に放り入れて、鈴を鳴らす。二回頭を下げて、手を二回打ってから、私は心を込めて『お父さんが失敗しますように』と念じた。最後に一礼。

(それじゃ、本命に行きますか)

社殿に向かう途中にあった長屋が、例の扇子を売っている建物のはず。だってご丁寧に、達筆な書体で『嘉風堂』と書かれた木札が付いていたから。

近付いてみると、扉に張り紙を見つけた。『〃扇子〃、あります。御用の方は、お気軽に中へどうぞ』って書いてある。

「じゃ、遠慮なく」

私は躊躇なく、扉をスライドさせた。

中にはハタキを手にした男の人。振り返り、懐《なつ》っこい笑顔を浮かべる。

「あ、こんにちは。ようこそご参拝くださいました」

大学生かな? 背が高くて、顔はカワイイ感じの人だ。

言葉からして神社の人で間違いないはずだけど、オーバーサイズのカットソーにジーンズ姿で、濃紺のエプロンをつけている。

(……バイトはラフな感じでもいいんだ)

へえ、と思いながら、私は早速本題を切り出した。

「あの、扇子を作って欲しいんですけど」

「ええと、もしかして願いの叶う扇子をご所望でしょうか？」

「願いの叶う扇子じゃなくて、神様に願い事を届ける扇子なんですよね。しかも、お守りになるっていう」

「！　はい、その通りです」

バイトさんが驚いたように目を丸くする。私は鞄から用紙を取り出し、

「指定した柄で作ってくれるんですよね？　この柄の扇子を作って欲しいんです」

バイトさんは暫く面食らっていたけど、数秒で「失礼しました。お持ち込みでのオーダーですね」と頭を下げた。

「ご説明をさせて頂きますので、こちらにどうぞ」

右側にあったテーブルに案内されて、引かれた椅子に腰掛ける。バイトさんは小さな台の下から取り出したクリップボードとファイルを手に、私の対面に腰掛けた。

ファイルを机の上に開く。

「ええと、ウチでは境内で採れた竹を骨にした、完全オーダーメイド制の扇子をお作りしています。柄の決定には『管理人のお任せ』と『持ち込み』の二種類があるのですが、今回はお持ち込みということで承らせて頂きます。先ほどの用紙の柄で、ご希望ということですよね？」

「はい、この柄で。上下も書いてある通り、絶対に間違えずに作ってください」

そこを間違えられたら、計画が台無しになっちゃう。

強調した私にバイトさんは一瞬、たじろいだような顔をしたけど、

「はい、かしこまりました。きちんとこの通りにお作りさせて頂きます。それで、こちらの柄なんですが、扇面のどの位置をご希望ですか？」

「位置……？」

「レイアウト、と言ったほうがわかりやすいですかね？」

（しまった）

柄ばっかりに夢中で、レイアウトなんて微塵も考えてなかった。

私の戸惑いに気付いたようで、バイトさんが扇子の枠が描かれたデザイン用紙を向けて説明してくれる。

「右、左、中央。または、小さなサイズで総柄っていうのもありますけど、ご希望の絵柄ですとちょっと複雑なので、総柄ではなく、どこか一点置きのほうが向いているかと思います」

「そう、ですね」

（……位置、かあ。ドコがいいのかなんて、さっぱりなんだけど）

白紙の扇子の絵と睨めっこしながら、うんうん唸っていると、

「……よろしければ、お手伝いしましょうか？」

涼やかな声がして、はっと視線を上げる。

また、男の人だ。抹茶色の着物のせいで随分と落ち着いて見えるけど、たぶん、二十代後半くらい。

上がり口から降りて、履いた草履が掠《かす》れた音を響かせるたび、薄い髪が柔く揺れる。きれいな人。

「やっと起きたんですか、癸燕さん」

「おかげさまで、スッキリしたよ」

癸燕さんっていうんだ、とか、今まで寝てたんだ、とか。

自由だな……って気持ちで見ていると、バイトさんが「あ、すみません」と私に会釈した。

「ここの神社の管理人です」

「……え？　管理人さん？」

「ああっと、大丈夫です！　確かに見た目ちょっとボンヤリしてますけど、腕は確かですから！」

……別に、若いなって思っただけなんだけど。

訂正するのも面倒で、とりあえず「あ、はい」と答える。すると、バイトさんが立ち上がり、代わりに管理人さんが対面の席に腰かけた。

管理人さんは「失礼しますね」と私の描いてきた柄を見て、

「あれ？　この柄……」

「！」

（まさか、バレた？）

「……面白い文様だね。これなら四隅の翼がバランス良く配置できるよう、中央置きがいいんじゃないかな」

柔い笑みを携えて、サラサラとデザイン用紙に鉛筆を走らせる管理人さん。絵柄の意図に気付いた様子はない。

タロットカードの扇子なんて見たことないし、きっと、知らないのだろう。

「これは、贈答用かな？」

「！　はい、えっと、お父さんに」

咄嗟の質問につい答えてしまって、でもまあいいかと思い直す。

娘が父親に扇子を贈る。不自然ではないし、現にバイトさんが「めちゃくちゃいい娘さんですね！」とか言って目を輝かせている。

(ごめんね、バイトさん)

期待を裏切って申し訳ないけど、実際は父親の失敗を願う娘なんだよね。

管理人さんは「……そっか」と再び視線を用紙に落とし、

「なら、仲骨……この、扇の芯になっている竹のことだね。ここは唐木染めで濃い色にしよう。そうすれば、扇面は薄い藍のグラデーションでも、落ち着いた雰囲気が出るからね。この、羅針盤かな？　これを黒で描くなら、扇面はあまり濃い色にはできないから。親骨も黒く塗っておこう」

色鉛筆を使って色付けされ、真っ白だった扇子が随分と立派な一品に姿を変えた。

「こんな感じでどうかな？」

管理人さんがお伺いを立ててくる。

正直、私は逆位置の運命の輪が描かれていればなんでもいい。

というかむしろ、こんな立派な扇子、あの人には勿体ないけれども。

「ぜひ、お願いします」

＊＊＊

「……ほーんと、相変わらず木の破片が降ってきそうなんですけど」

扇子を注文してから、一週間後。誰に言うともなく呟いて、私はまた竹藪に囲われたあの神社に来ていた。

扇子の受け渡しは、更に一週間後。

覚えているけど……なんとなく、落ち着かなかったので来てしまった。

「……まあ、何回もお参りしたほうが効果があるだろうし」

前回と同じく両手だけを洗って、財布を開く。

「……五円玉、ない」

仕方ない、十円玉でいっか。ため息交じりに取り出した瞬間、「……あれ？」という声がした。

バイトさんだ。境内を掃いていたようで、手には竹ぼうきが握られている。

「あ、やっぱり。ええと、確か……明莉ちゃん」

（……いきなり下の名前呼び？）

随分と距離感の近い人だな、って思ったけど、嬉し気な笑顔には下心なんて一切ない。どちらかというと親戚のおじさんを彷彿《ほうふつ》させる雰囲気だったから、私は大人しく「……こんにちは」と返した。

「わー、また参拝に来てくれたんだ……って、あ！　俺もしかして、扇子ができるのは二週間後って伝え忘れてた？」

「あ、いえ。聞きました」

「よかったー……うっかり忘れちゃったのかと。ん？　でもそれなら、なんでまた参拝に？」

バイトさんは混乱してるのか、前回とは打って変わり随分とフランクな口調になっている。

正直、こっちのが話しやすい。私は「ええと……」と少しだけ考えてから、

「……何回もお参りしたほうが、お願いが届きやすいかなって思って」

「そっかあ。すごく叶えたいお願いなんだね。なら、俺も明莉ちゃんのお願いが叶うよう

にって、お願いしておこう」

そう言って社殿に向かい手を合わせて、目を瞑るバイトさん。

ちょっと、罪悪感。まさか成就を願ってくれた願いの正体が、〝父親の失敗〟だなんて考えもしないだろうな。

「あの……お名前、聞いてもいいですか？」

「ん？　名前？」

「私の名前は憶えてくれているのに、私は知らないから」

途端、バイトさんは苦笑気味に頬をかいて、

「ごめんね。すっかり伝えた気でいた。ここでお手伝いをしている、鷹蔵充晴っていいます」

深々と下げられた頭に、私もつられて低頭する。

ふーん、充晴さんっていうんだ。私は早速「充晴さん」と口にして、

「お願いしてる扇子って、順調ですか？」

「ん？　うん、心配ないよ。予定通り、来週には仕上がった状態でお渡しできます。……あ、もしかして、本当はそれが心配で今日来てくれたの？」

私は苦笑交じりに「……実は」と頷いた。

すると、充晴さんは何やら考え込んでから、

「……明莉ちゃん、この後まだ、時間ある？」

「え？　あ、はい。特に予定はないですけど……」

「ごめん、ちょっとだけ待っててね！」

「え？　あ、ちょっと！」

戸惑う私を置き去りにして、充晴さんが駆け足でこの間の建物に駆け込む。

（……もしかして、作ってる途中の扇子を見せてくれるとか？）

そんな都合良くいかないか。う―ん、でも、流れ的には可能性大っぽくない？

期待にソワソワしながら待っていると、

「――お待たせ！」

勢いよく扉を開けた充晴さんが、満面の笑みを浮かべる。

「癸燕さんが、作業を見てもらっていいって。中にどうぞ」

上がり口で靴を脱いで暖簾をくぐり、充晴さんの案内で奥の部屋に通された。

私の部屋よりも広くて、木の存在感が強い。中学時代に見た、剣道場を思い出す。

どうやらここで扇子を作っているらしい。

管理人さんは、部屋の中央に置かれた、ひときわ大きなテーブルの前で胡坐をかいていた。

前回のような和服ではなく、ええと……そうだ、作務衣を着ている。

作業机には沢山の工具が乗っているけど、どれも初めて見るものばかりだ。

「いらっしゃい」

「すみません、急に。お邪魔します」

「いえいえ。ただ退屈なだけかもしれないですから」

管理人さんの目線に合わせる為、私はその場に正座する。

隣で同じく膝を折った充晴さんが、

「あ、楽にしててね。無理やり呼び込んだのは俺だし。それと、何か気になるところがあったら、遠慮なく教えてください」

私が了承を返すと、管理人さんが「それじゃあ、まずは」と半円よりも短い紙を差し出した。

「これが、ご注文頂いた扇子の扇面です。柄に間違いはないかな?」

見せられた扇面は、既に段々の折り目が付いてる。

(うわあ、めちゃくちゃ良い感じ)

色の具合と柄を描く筆の質感が相まって、渋いけれどカッコいい印象だ。

思わず見惚れそうになった私は、胸中で活《かつ》を入れて集中する。

(……うん、絵柄に間違いはない。上下も合ってる)

良かった。私は安堵の息をつきながら頷く。

「はい、大丈夫です」

「なら、先に進めようか。今日はね、ツケって呼ばれる仕上げ加工の、こなしっていう部分までやります。この……竹で作った中骨と扇面を張り合わせて、形を整えるって作業だね」

中骨、と呼ばれた細い割り箸みたいな竹は、既に茶褐色に染められている。数本が下の一点で繋ぐようにして束ねられていて、両端にはそれぞれ平たい、いわゆる扇子の端になるのだろう竹がついてるけど、中骨とは反対側を向いている。

使うのは中骨って言ってたから、たぶん、そうして除《よ》けているんだろうな。

管理人さんは、手にしていた扇面の底を私に見せるようにして傾けた。

「扇面の表と裏は、既に張り合わせてあってね。この底の部分を見ると、折り目と折り目の間にそれぞれ、小さな空洞があるでしょ？　わかるかな？」

「……あ、ホントだ」

「ここにね、糊《のり》を付けた中骨を一本ずつ差し込んでいくんだ。中骨はもう、扇子の長さに合わせて先を切ってあるから、ピッタリ合うはず。……それじゃあ始めるけど、作業中は話していられないから、ごめんね」

「あ、全然大丈夫です。作業に集中してください」

「ありがとう。……始めるね」

その言葉を合図に管理人さんは扇面の両端を掴み、空洞の部分を口元に寄せて、勢いよく息を吹き込んだ。

（え？　まじ？）

私は衝撃に硬直する。

（ってことは、あの下んトコに口つけたら、実質間接キスってこと？）

いやまあ、扇子になってしまえば物理的に無理だけど。

混乱している間に、扇面が机上に置かれた。管理人さんは中骨を手にすると、先端を少し開いて、糊を付けた刷毛《はけ》で持ち手から上部をぐっぐと押し撫でる。

表と、裏。それぞれ数回繰り返すと、大きな布でサッと挟んだ。

置いていた扇面を寄せ、中骨の先端を一本ずつ丁寧に、かつ手早く、さっき吹いて広げた穴に差し込んでいく。

全ての先端を差し込み終えると、持ち手を持って扇面を二、三回机上に軽く叩きつけた。左手で軽く折りたたんだ扇面を抑え、右手で中骨の付け根を持つと、慎重に奥まで押し通していく。

丁寧な指先が、中骨を貼り合わせたばかりの扇子を開いた。眼前に掲げて全体を確認すると、もう一度折り畳んで机上に置く。

「……今日はここまで。この後は親骨……除けてた両端の部分だね。これを扇面と貼り合わせる必要があるんだけど、それはまた明日かな。本来の職人さんは、最後まで一気にやっちゃうんだけどね。僕は一旦、乾かしてから」

あっという間。すっかり魅入《みい》っていた私は、無意識の内に潜めていた息をふうと吐き出した。

「どうだったかな？」

管理人さんが小首を傾げる。私はどこかまだ夢見心地なまま、

「なんていうか、扇子ってもっと簡単にできるモンだと思ってて……ちょっと、びっくりしました」

最近じゃ百円ショップでも見かけるぐらいだし。

そりゃあ、一万円もするくらいだから、百円の扇子よりはしっかりしているんだろうなあとは思っていたけど……こんなに手間暇がかかっているとは。

「専門の職人さんがいるくらいだからね。見てもらったのもほんの一部だけど、退屈じゃなかったのなら、良かったよ」

にこりと微笑む管理人さん。充晴さんが私の顔を覗き込んで、

「どう？　まだちゃんと完成形じゃないけど、希望通りの扇子になってるかな？　お父さん、喜んでくれそう？」

「っ」

胸が、ツクリと痛む。

「……はい。こんなに素敵な扇子なら絶対、喜んでくれると思います」

「そっか、良かった。来週が楽しみだね」

ツクリ、ツクリ。これは、罪悪感だ。

お父さんにじゃない。こうやって丹精込めて作ってくれた扇子を、不運のお守りにしよ

うとしていることへの。

でももう、今更やめるなんて。

「引き止めちゃってごめんね。また一週間後、お待ちしています」

建物の外まで見送りに出てくれた充晴さんが、ぺこりと頭を下げる。

「お仕事の邪魔しちゃって、すみませんでした」

「邪魔だなんて！　明莉ちゃんの不安も解消できたみたいだし、見てもらえて良かったよ」

「……充晴さんって、いい人ですね」

「そうかな？　俺としては、そう言ってくれる明莉ちゃんがいい子なんだと思うよ」

（……天然タラシ？）

純粋な笑顔に、充晴さんってなんか色々鈍《にぶ》そうだなあ、なんて失礼なことを考えていると、

「あ、そうだ。さっき作業してた管理人は、嘉染癸燕って名前だよ」

……おまけにめちゃくちゃ律儀《りちぎ》とか。

（別に、知りたかったのは、充晴さんの名前だけだったんだけど）

訂正するには気が引けて、私は「ありがとうございます」と充晴さんに会釈する。

「色々とお世話になりました。癸燕さんにも、よろしくお伝えください」

「こちらこそ、貴重な時間をもらっちゃって。しっかり扇子を仕上げるよう、癸燕さんに

もよく言っておくから、楽しみにしててね。まだ明るいけど、気を付けて」

手を振ってくれた充晴さんに私も小さく振り返して、神社を後にする。

親身で優しい充晴さんに、どこか独特な雰囲気の癸燕さん。

確かに、あの二人が作ってくれた扇子なら、神様にお願い事を届けてくれそうな気がする。

(でも、お願いしているのは、お父さんの失敗なんだよなあ)

本当に効果があったら、今度は自分用にまた作りに来てもいいかもしれない。

そんな考えで罪悪感に蓋をして、私は一週間後、美しく仕上がった扇子を受け取った。

そうして当初の計画通り、扇子をお父さんに渡した場面に戻るのだけれど。

お父さんはあの扇子を受け取ってから、徐々に〝らしくない〟ミスをするようになった。

扇子の効果だ。そう気付いた瞬間、感動なのか恐怖なのか、よくわからない高揚感が背筋を駆け上がった。

それにしても、いまだに効力が続いているということは、お父さんはまだあの扇子を持ち歩いていることになる。

……意外。

「まあ、一見普通に立派な扇子だしね……」

別に、私が渡した云々《うんぬん》は関係なく、丁度良く使えるうえに見栄えのするモノだから、持ち歩いているのだろう。

ああ、ムカつく。

「……お茶ひっくり返したとか、笑える」

私は愉悦を胸に、倒れこんだベッドで膝を抱えて身体を丸める。

落ち込んでるかな？　そうだといい。

もっともっと失敗して、笑われて、怒られればいいんだ。


お父さんの小さな失敗が続くようになってから、ひと月が過ぎたある日。

ダンス部の練習を終え、いつものように帰宅した私は、リビングの扉を開けるなりギクリと足を止めた。

休日出勤をしていたはずのお父さんが、食卓に居る。別に、そこまではこれまでも何度か見た光景だから、驚くことはない。

私の視線を縫い付けたのは、お父さんの、指。右手の親指に、絆創膏が巻かれている。

「……どうしたの、それ」

「もーお父さんったら、うっかり書類で切っちゃったんですって！　何やってんのかしらねえ」

眉根を寄せるだけのお父さんの代わりに、ごみをまとめたお母さんが答える。

「……大したことない。よくあることだ」

嘘だ。お父さんが書類で指を切るなんて、私の知る限り、一度もない。

心臓が嫌な風にバクバクと音を立てる。

たぶん。いや、間違いなく、これもあの扇子の影響だ。

――私が願った不運のせいで、お父さんが、怪我をした。

(で、でも、紙でちょっと切っただけなら、大したことないし)

お父さんはともかく、私だってこれまで何度も経験したことがある。そう、絆創膏一枚で済む、大したことない怪我だ。

だから、大丈夫。

都合のいい言い訳を並べ立てて、胸中の焦燥を押し込む。……それが悪かった。

この時に無理やりにでも扇子を返してもらっておけば、お父さんは、あんなことにならずに済んだのに。


お父さんが指を切ってから、五日後。

「なに、それ」

帰宅したお父さんの腕を見て、私は凍り付いた。

右腕にグルグルと巻かれた、白い包帯。お父さんは靴を脱ぎながら、顔色ひとつ変えずに言う。

「ちょっと転んだ拍子に擦りむいただけだ」

「でも、包帯」

「手当を頼んだ部下が、大げさに処置したんだ。傷自体は大したことない」

「ねえ、転んだってどこで⁉」

詰め寄る私の剣幕に、お父さんは戸惑ったような顔をして、

「……会社前で、階段を踏み外した」

それだけ言って、逃げるようにしてリビングに去っていく。

――私のせいだ。

この間、お父さんが指を怪我した時に、やめるべきだった。

大嫌いなのに？　そう、大嫌いでもだ。

だって、私は確かにお父さんが困ればいいって思ってたけど、怪我をしてほしいなんて、一度も望んでない。

押し潰されそうな焦燥にかられた私は、お父さんがお風呂に入っている間に、書斎に置かれた通勤鞄をこっそり漁った。

「……あった」

小型ラジオと、メガネケースの間。仕分け用の内ポケットのひとつに、あの扇子が収められていた。

そっと抜き取り、元の通り鞄のチャックを閉めて、足音を忍ばせながら自室に戻る。

扉を閉めて、やっとのことで詰めていた息を吐き出した私は、安堵に頬を緩ませた。

「これでもう、大丈夫」

お父さんに見つからないよう、扇子を机の引き出しに放り込む。

きっと、近頃落とし物も増えたというお父さんは、この扇子もどこかで落としたと思うはず。

それでいい。

もし、仮に万が一、謝ってきたら、心優しい娘の顔で「気にしてないよ」と笑ってあげよう。

＊＊＊

授業を終えダンス部の練習に勤しんでいた私は、休憩に入るなり四肢を放り投げて叫んだ。

「もー！　ぜーんぜん謝ってこないしー！」

あれから一週間。お父さんはあの扇子について、何も言ってこない。

期待していたわけじゃない。嘘。ホントはちょっとだけ期待していた。

「……まさか、無くなったことすら気付いてなかったりして」

さすがにそれはないと思いたいけど……。

胸の中で、落胆や怒りがぐちゃぐちゃになって渦巻いている。

突然、スマホが受信を告げた。お母さんからだ。

また夕飯のリクエストかな……としぶしぶ身体を起こし、端に置いていた鞄からスマホを取り出した。

ロックを解除して、メッセージを開く。途端、私は硬直した。

「……ウソ」

画面を凝視している間にも、お母さんからポコンポコンと立て続けにメッセージが送られてくる。

私は居ても立ってもいられず、

「――すみません先輩！　急用で帰ります！」

それからの記憶は、かなり曖昧《あいまい》だ。

どうして、とか、なんで、とか。とにかく疑問が脳にべったりと張り付いていて、気が付いたら、目的の市民病院に着いていた。

お母さんから聞いていた病棟に駆け込み、ナースステーションで病室と名を告げる。

走り書きで記名して、急ぎ足で向かった大部屋に、お父さんはいた。

「！　明莉」

驚いたような目が向く。けど、私は肩で息を繰り返すだけで、返事もできないでいた。

真っ白なベッドの上。太いギブスで巻かれた、お父さんの右足。

私はその白さを睨みつけるようにして、震えそうな声を絞り出す。

「……折ったって、なんで」

「それがねー、お父さんったら、駅の階段で踏み外しちゃったんですって！」

ベッド脇の簡易椅子に腰かけていたお母さんが、お父さんの代わりに答える。

けど、すぐに「大丈夫だ」とお父さん。

……は？　骨折しておいて、大丈夫？

「……理由は？　立ち眩《くら》みとか？」

「……電車が遅延していた影響もあって、混雑していたんだ。幸い、他の人は巻き込んでいないから問題ない――」

「問題なくない！」

叫んだ私に、お父さんが目を見張る。けれど私も止まらない。

「問題すぎじゃん、この状況……！」

なんで？　扇子は回収したはずなのに。

ただ、本人から引き離すだけじゃあ、ダメだったの？

電話が鳴る。お父さんが、重い口を開いた。

「……会社の携帯だ」

「あら、鞄の中？」

言いながらお母さんが立ち上がり、ベッド横の棚に置かれていたお父さんの通勤鞄を開く。

その瞬間、見てしまった。

「扇子……！　どうしてっ」

悲鳴に似た私の問いに、お父さんが気まずそうな顔をする。

「……いつも持っている」

なんで？　だって、ちゃんとあの時、机の中に……！

「──貸して！」

無我夢中でお父さんの鞄から扇子を抜き取った私は、お母さんの静止を振り切って病室から飛び出した。

どうしよう、どうしよう、どうしよう……！

私のせいだ。私が、こんな扇子を渡してしまったから。私が、お父さんが失敗すればいいって、不運を願ってしまったから。

自分でもどうしたいのかわからないまま、病院の自動ドアから駆け出す。

その瞬間だった。

「──ちょっと待って！　明莉ちゃん！」

「っ！」

叫ばれた名前に振り返る。と、

「！　充晴さん……？」

「あー、良かった。捕まらなかったらどうしようかと……」

両ひざに手を付き息を整えた充晴さんが、頭を上げる。

私の握る扇子に気付き、困ったような苦笑を浮かべた。

「あー、うん。時々ね、いるんだよねえ。ウチの扇子で誰かの不幸を願っちゃう人」

「！」

「癸燕さーん、ちゃんと持ってましたよ」

充晴さんがくるりと振り返った先。藍色の着物を纏った癸燕さんが、にこりと微笑んだ。

場所を病院の中庭に移した私たちは、花壇前の白いベンチに並んで腰かけた。

充晴さんが、何か飲み物買ってこようかって言ってくれたけど、それよりも早くこの扇子をなんとかしたくて、断った。

「あのっ、私こんなつもりじゃなくて……！　この扇子、どうしたら」

「わっと、落ち着いて。ちゃんと説明するから……」

「〝かみ〟、はね」

静かで、それなのに脳に響く声。癸燕さんは双眸を細めて私を見遣ると、

「古くから、呪術の依り代として多く使われてきている。それだけ思念を映しやすいから。おまけにキミが託したその柄は、一種の呪詛《じゅそ》だね」

凍り付く私の手から、するりと扇子が引き抜かれる。

癸燕さんは丁寧に扇子を広げると、「これ」と白い指先で扇面を示した。

「タロットカードの、運命の輪。キミの指定は逆位置。そんなにお父さんを、不幸にしたかった？」

「ちが！　……いえ、違わないですけど、ただちょっと、仕事で失敗すればいいなって思っただけで……こんな、怪我なんて……不幸なんて、願ってない……っ！」

「そうだろうね。キミが、本当にお父さんの不幸を望んでいるようには見えない。けどね、神に祈って、更には思念を〝かみ〟に映した時点で、キミは依り代を作ってしまった。当然、コントロールなんてできないから、依り代はどんどん強く育っていく。一度引き離したはずのこの子がお父さんの元に戻ったのも、この子の意志だろうね」

どうしてそれを。ううん、今はそんなことよりも……！

「っ、どうしたら、止められますか。私は、何をしたら」

取り返しのつかないことをしてしまった。

後悔とか恐怖とか、ぐちゃまぜの思考がパンクして、涙が浮かんでくる。

取り乱す私を前にしても、癸燕さんは穏やかな声のまま、

「強制的に終わらせることは可能だよ。そのために、僕達は来たのだから。けれどね、このまま僕達が断ち切ったところで、キミはいずれまた繰り返す。なぜならこの扇子はキミの想いの産物で、モノがなくなったとて、想いが消えるわけじゃないからね。……だからまずは、大元であるキミの気持ちから、晴らそうか」

「……気持ちを、晴らす？」

意味もわからないまま繰り返した途端、ぼんやりと滲む視界に白い影が飛び込んできた。ティッシュだ。見れば充晴さんが、ポケットティッシュを差し出してくれている。

私は鼻声で「……ありがとうございます」と呟いて、受け取った。

引き抜いた一枚で涙を拭う。

「……ねえ、聞いてもいい？」

充晴さんが、窺うような声で言う。顔を上げると、妙に真剣な双眸とかち合った。

「どうしてお父さんに、この扇子を渡そうと思ったの？」

「それは……お父さんが、嫌いだから。仕事、失敗すればいいと思って」

「どうして失敗して欲しかったの？」

「……今の仕事が成功したら、私達を置いて、単身赴任するんだって。今までもろくに家庭を顧《かえり》みない人だなって思ってたけど、今度はとうとう、堂々と家族より仕事が大事発言だよ？　それなのにお母さんは全然気付いてないし、むしろ、必死にサポートしてあげてさ。……おかしいじゃん、そんなの」

「……おかしい？　それって、理不尽ってこと？」

そう、理不尽だよ。だってお父さんは、まったくこっちを見てくれないのに。

「っ、昔っから、そう。仕事ばっかりで、私のことなんて全然考えてくれない。どうせ、形式上の娘程度にしか思ってないくせに、中途半端に父親面《づら》してさ。……悔しくて。なんか私ばっかりイライラして、お父さんに振り回されてるんだもん」

一度引っ込んでいた涙が、またじわじわと湧き上がってくる。丸めたティッシュで押さえつけて、私は「だから」と続けた。

「仕返しの、つもりだったの。大好きな……私よりも大切な仕事で失敗すれば、お父さんも、落ち込むんじゃないかなって。そうしたら私が、お父さんの仕事に勝ってるって……！」

感情任せに吐き出して、私は初めて、それまで気付いていなかった奥底の本音と対面した。

私はただ、お父さんを困らせたかったんじゃない。お父さんの大好きな仕事に、勝ちたかったんだ。

知らない間に拗れてしまった真意の糸を紐解いていると、充晴さんが「……そっか」と真摯な瞳を和らげた。

「明莉ちゃんは、お父さんの一番になりたくてあの扇子を作ったんだね。……俺はさ、本当に心底嫌いな相手が出ていくって言ったなら、ショックを受けるよりもむしろ、せいせいしたって喜ぶと思うんだ。明莉ちゃんのそのイライラは、お父さんが自分を見てくれない腹立たしさとか、一方的に置いて行かれる寂しさとか、きっと色んな感情の塊なんだと思うけど、俺にはその根っこにあるのは、どれも同じ情に見えるんだよね」

愛情、と。どこか遠くを見遣りながら、充晴さんは苦笑交じりに呟いた。

それからいつもの懐っこい笑みで私を見て、「どうかな？」と小首を傾げる。

「明莉ちゃんの根っこにあるのは、本当に望んでいるのは、どんなお願い？」

感情の根っこにある、本当のお願い。

充晴さんの言葉を道しるべにして、私はたどたどしくも、隠れてしまった願望を探し始める。

お父さんが私を見てくれなくて、腹立たしい。どうしてだろう。

置いていかれるのが、寂しい。どうして、嬉しくないのだろう。

私は……私の心は。お父さんに、何を願っているのか。

「……親らしい言葉で一方的に否定するんじゃなくて、もっと私の気持ちも聞いてほしい」

「……うん」

「仕事が大事なのはわかるけど、もっと、私達のことも大事にしてほしい」

「うん」

「っ、怪我、しても大丈夫って……。もっと、自分のことも、大事にしてほしい……っ！」

そうだ。私はお父さんに、仕事じゃなくて家族を選んでほしかった。お父さん自身を、大事にしてほしかった。

ずっとそうだった。子供の頃から。

どうしてそう願い続けていたのか、今ならわかる。

──私はお父さんが、大好きだから。

「……辿り着いたかな」

みっともなく嗚咽を漏らす私の背を、充晴さんがそっと撫でた。

そして笑う。

「そのお願い、神様にもきっと届いていると思うんだ。だから、明莉ちゃん。ちゃんとお父さんとお話ししてみない？　このままだときっと、これからずっと後悔を背負うことになるだろうから」

「……今更、話なんて」

渋る私に、充晴さんはどこか寂し気に肩を竦めて、

「俺はね、ちょっとだけ明莉ちゃんが羨ましいよ。だってこんなにもお父さんが大好きで、きっとお父さんも──」

「──何をしている」

「！　おとうさん」

顔を跳ね上げる。車椅子に乗った、お父さんがいた。

見たことないくらい怖い顔をして、近寄ってくる。

「娘に何の用だ」

「ちがっ、この人達は──」

誤解を解こうとした私より早く、癸燕さんが立ち上がり頭を下げた。

「初めまして。嘉風神社の者でございます」

「嘉風神社……？」

「私共の神社ではお守り代わりとして、オーダーメイド制の扇子を頒布しているのですが、お嬢様にお渡ししました扇子に不備が見つかりまして。本日は新しいモノとお引き換えのために、お時間を頂戴致しました」

え？　引き換え？

戸惑う私に、訝《いぶか》しげな顔をしたお父さんが「……本当か？」と尋ねてくる。

いや、私も初耳なんだけど。助けを求める目で充晴さんを見遣ると、心配ないという風な笑顔で頷くので、私は咄嗟に「うん、そうなの！」と話を合わせた。

お父さんは、ますます眉根を寄せる。

「……泣いているのは」

「大切なお父様が不慮の大怪我を負い、随分と動揺されているようでして。お父様には涙を見せたくなかったとのことでしたが……バレてしまいましたね」

少し悪戯っぽい笑みを向けられ、バツの悪さに顔を伏せた。

癸燕さんの言ってることは、おおかた当たっている。

「……そうか」と呟く声に目だけでお父さんを窺うと、お父さんも当惑したような顔をしていた。

「っていうかお父さん、出て来て大丈夫なの？」

「……外を見たら、明莉が見えた」

「……それで、来たの？」

「……ああ」

「えっと、お母さんは？」

「荷物を取りに家に帰った。数日入院することになったからな。それと、ノートパソコンも頼んである」

「っ、何のために」

「腕は動くからな。仕事は病室でもできる。折ったのが脚で、助かった」

……まただ。沸々とした怒りが脳天まで吹き上がり、突破する。

「……どうして、いつもそうなの？」

「明莉？」

「脚、折ったんだよ！　それなのに、助かった？　歩けないんだよ？　大怪我じゃん！　なのにこんな時まで、仕事仕事って……なんでそうやって、私のことも、お母さんのことも……自分のことも大切にしないの！　それならもう、私のことは放っておいてよ！」

「っ、明莉」

「お父さんなんて大っ嫌い！　だいっきらい、なのに……っ」

首を垂れる。握り締めたポケットティッシュが、手の中でクシャリと音をたてた。

「……っ、お父さんが怪我するの、嫌で嫌でたまらないよ……！」

馬鹿みたいに泣きじゃくる私は気付いていたら立ち上がっていて、全てを言い終えた途端、力が抜けて座りこんだ。

充晴さんが私の肩を支えて、ベンチに座らせてくれる。

私はただただ感情の命じるまま、子供みたいに泣きわめいた。

誰かが動いた気配がする。癸燕さんだ。

「充晴。扇子を」

「あ、はい!」

充晴さんがベンチに置かれていた紙袋から、小さな箱を取り出した。見覚えがある。あれは、扇子を受け取った時に入れてくれた箱だ。

充晴さんはその箱を、癸燕さんに駆け寄って手渡した。

癸燕さんが、蓋を開ける。取り出した扇子をすらりと広げて、お父さんに差し出した。

「……これを。新しい扇子です」

「あ、ああ」

「この柄の意味は、ご存知ですか?」

「……いや」

「こちらはタロットカードに描かれている『運命の輪』と言いまして、幸福や進展、転機の到来などを意味します。お嬢様は、お父様を想って、その柄をお選びになったのですよ」

「……そうだったのか」

瞼を伏せたお父さんが、薄く息を吐き出した。一度きつく目を閉じて、真剣な双眸が私に向く。

「……病室に戻ろう、明莉。話したいことがある」

「！　……うん」

緊張でぎこちなく頷くと、癸燕さんが「では、私共はこれで」と軽く頭を下げた。けど、即座に「ああ」と思い出したような素振りをして、私の側に歩を進めてくる。

「……この、不備のあった扇子は、こちらで引き取らせてもらうね」

「……はい、お願いします」

「キミは、知っていたかわからないけれど」

声を潜めて、癸燕さんがしたり顔で笑む。

「これで、すれ違いの芽は摘んだ。あとは、キミ次第だよ」

「！」

お父さんの背中越しに、笑顔で頷く充晴さんの姿。その目からは「頑張って」と強いエールが伝わってくる。

「……お世話に、なりました」

振り回してしまった謝罪と、助けてもらった感謝を込めて。深々と頭を下げた私に二人はそれ以上を告げることなく、穏やかな風のように去っていった。

充晴さん達と別れた私は、お父さんと一緒に病室に戻ってきた。

途端、慌てた様子の看護師さんに遭遇し、「もー！　岸島さん！　お手洗いにって言ってたのに、どこまで行ってたんですか？　まだ安静にしてないとダメですよ！」と怒られてしまった。

「すみませんでした」

……お父さんって、謝れるんだ。

看護師さんの手を借りて、再びベッドに固定されるお父さん。他の三つのベッドはカーテンが空いていて、どれも皺のないシーツがひかれている。

さっきは気付かなかったけど、どうやらこの部屋に入っているのはお父さんだけみたい。

看護師さんが出ていくと、お父さんは「明莉」と私を呼んで、ベッド横の椅子に座るよう促した。

「……少し、退屈な話になるが、聞いてくれるか」

私にお伺いをたてるなんて、槍でも降ってくるんじゃあ。

そう思ったけど、私は大人しく「うん」と頷いた。

腹をくくるように息を吸い込んで、お父さんが語り出す。

「お父さんの家は、貧乏だった。その日食べていくのがやっとでな。菓子やおもちゃなんて贅沢だったし、習い事なんてもってのほかだった。それでも親父……お前の爺さんだな。

あの人はいつも楽しそうだったよ。金なんてなくても、母さんと俺がいるだけで幸せだって笑っていた。時間を見つけては、よく遊んでくれる人だったよ。けど俺は、そんな生活が嫌だった。俺と遊んでいる暇があるなら、働いて金を持ってこいと思っていた。菓子やおもちゃが欲しかったんじゃない。母さん……婆さんが、いつもすまなそうに俺に謝るからだ」

お父さんの両親は、お父さんがお母さんと結婚する前に亡くなったと聞いている。私が知っているのはそれだけで、二人がどんな人だったのかなんて、一度も聞いたことがない。お父さんの小さい頃の話も。

私は一言一句聞き逃すまいと、全神経を耳に集中する。

「たとえば飯を出す時、例えば、町を歩いている時。まるで天気の話をするように、婆さんは『ごめんね』と言っていた。必ず爺さんのいない、二人きりの時だ。そして俺は高校を卒業後、働くことにした。その時だったよ。泣いたんだ、婆さんは。ごめんねと言って。金がないせいで、あんたには我慢ばかりさせていると。その時、俺は決めた。働いて、働いて、たくさん金を持ってきて、絶対に婆さんを幸せにしてやろうと。そして悟った。いくら家族が共にいても、金がなければ幸福にはなれないのだと」

お父さんはどこか寂しそうな目で、力なく開いた自身の掌を見つめた。

「……だから俺はお前のお母さんと結婚した時、何があろうと婆さんのような思いはさせまいと誓った。お前が生まれて、その意思はいっそう強くなったよ。お前が何かを望む時、それを与えてやれるだけの金を稼いでこようと。それがお前の、お母さんの、幸せに繋がると思っていたから」

記憶を辿るようなお父さんの口調からは、微塵の嘘も感じられない。

つまり、これが真実。これまで仕事に明け暮れていた、お父さんの。

(……お父さんが仕事ばっかりだったのは、仕事が好きだからじゃなくて、私と、お母さんのため?)

なんで。ズルいよ、そんなの。だって、今までそんなこと、一度も言ってくれてない。

「っ、それならそうだって、なんで言ってくれなかったの?」

「こんなの、俺のエゴだ。わざわざ言うような話じゃない」

緩く首を振ったお父さんは、少し考え込んだような素振りをして、

「……さっき、お母さんのことも明莉のことも大切にしていないと言っていたが、お母さんがそう言っていたのか?」

「違うけど……昔っから、私のことなんて全然気にしてくれなかったじゃん」

お父さんは観念したように小さく息をつき、

「……お母さんには黙ってもらっていたが、毎日、明莉の様子を聞いている」

「……え?」

「小さい時はミルクも、おしめも、風呂だって一緒に入っていた。休日はよく三人で、あちこちに行った。明莉は父さんの抱っこが好きだった。お母さんより、視線が高いからだ

ろうな」

「ちょ、ちょっと待って。私、そんなの知らない」

「だから、お母さんには黙ってもらっていたと言っただろう。写真も、隠して貰っている」

「っ、なんで」

「……物心ついた女の子は、父親とのそういった接触を嫌悪すると聞いた。それがたとえ、記憶にない過去でも。そして成長を重ねれば重ねるほど、男親を煙たがると。……心底嫌悪されるくらいなら、初めから離れて見守るべきだと思った。お母さんも承知の上だ。だから毎日、俺に明莉の話をしてくれる。……それでも偶《たま》には父親らしいことをしろと、怒られてしまうがな」

「……え？　待って。っていうことはつまり、お父さんが私と全然関わらなかったのって、興味がなかったからじゃなくって私のためだったってこと……？　時々思い出したように叱ってくるのは、お母さんに怒られてたから……？」

「……ある日突然、嫌いだと邪険にされるのが怖かったというのも本音だ」

「！」

なにそれ、なにそれ、なにそれ……！

そんな理由で、ずっと？　しかも、私だけが知らずに？

込み上げてくる感情は怒りなのか呆れなのか。わからないまま混乱する私に、お父さんは「……だが」と小さく呟いた。

「結果として、明莉を悲しませることになってしまった。全部、父さんのせいだ。すまなかった」

お父さんが頭を下げる。

初めて見る、お父さんの旋毛《つむじ》。

ううん。私がそう思っているだけで、もしかしたら覚えていないくらい小さい頃に、何度も見ていたのかもしれない。

——開けた窓から忍び込んだそよ風が、お父さんの短い髪を揺らした。

「……お父さん」

「……なんだ」

「……私ね、お父さんが仕事ばっかりで、ずっと寂しかった。もっと一緒に遊びたかったし、運動会も発表会も、授業参観だって来てほしかった」

「……すまない」

「……いつも家にいないのに、急に私の好きなモノを否定するし。私のこと、全然知らないくせに、突然偉そうなこと言ってきて、本当に嫌だった」

「……すまない」

「……でも、でもね。確かに私は、お金で苦労したことない。誕生日とクリスマスには当たり前にケーキとプレゼントがあるし、お小遣いだって貰ってる。高校受験の時だって、たくさん、塾行ったし。それってお父さんが、私を幸せにしようと頑張ってくれてたからだよね。なのに私……。お父さんが単身赴任するって聞いて、とうとう捨てられたんだって思っちゃったの。お父さんは、私よりも仕事が大事だからなんだって。でも、違った。本当に……ごめんなさい」

「明莉が謝ることなんて何ひとつ――」

「違うの」

私はボロボロ零れる涙を、掌で何度も拭う。

「その扇子。最初に渡した扇子は、逆模様だったの。タロットカードの、逆の位置と同じ。……お父さんのプロジェクト、失敗すればいいと思って、神様に願い事を届けてくれる扇子にお父さんの不運を願った。だからだよ。お父さんに変なことが起きたの、私がその扇子を渡してからでしょ？　初めは、お父さんが失敗したって聞いては、いい気味だって思ってた。けど、けど私は、お父さんに怪我をさせるつもりなんて――」

「明莉」

静止を含んだ強い声に、私は恐る恐る視線を上げる。

「父さんは、オカルトの類は信じない。知っているな？」

「……けど、こうして実際に」

「父さんが失敗続きだったのも、この怪我も、全て父さんの不注意と間の悪さが原因だ。扇子なんて関係ない。だから、最初にくれた扇子も、ただの明莉の意趣返しでしかない。

わかったな」

でも、と言いかけた言葉を飲み込む。お父さんが、これ以上の反論は許さないという目をしていたからだ。

程なくして、強い双眸がふと緩んだ。

「……この怪我のおかげで、こうして明莉と腹を割って話すことができた。二人で過ごすのも、いつぶりだろうな」

「…………」

「明莉。これからはもう少し、互いに言葉にしよう。過ぎ去ってしまった時間は戻らない。けれど、これからはまだ、変えられる」

お父さんの掌が、嗚咽に肩を上下する私の頭上に伸ばされる。

が、途端に躊躇したかのように停止し、困惑の瞳が私を見た。

「……撫でてもいいか？」

「……こーゆー場合は、訊かずに慰めるのが親のマナーってもんじゃないの？」

「そうか。どうも父さんは、未だに〝いい父親〟というのがよくわからなくてな」

戸惑いの指先が、そっと頭を往復する。

正直ちょっと気恥ずかしいけど、安心する掌。

どこかぎこちないのは、力加減とか、私の髪を乱さないようにとか……お父さんなりに色々と気を遣ってくれているからだろう。

「……扇子、大事にしてね」

今度の扇子は、幸福のお守りだ。私が願うのはお父さんの幸せと、『ずっと仲良しでいられますように』。

そろりと私の顔を覗き込んだお父さんは、嬉しそうに頬を緩めて「ああ、もちろんだ」と頷いた。

「……明莉」

「ん？」

「ありがとう」

第四話 ═ 蛍の恋文 ═

彼女が死んだ。もう、十八年も前のことだ。

彼女を喪《うしな》ってから生きた年月が、彼女の生きられたそれを超えてしまった。

俺、荻原諫見《おぎわらいさみ》は今年で三十五。彼女はその半分にも満たない、十七で生を終えた。

「……あの頃からこんなにも老《ふ》けちまったってのに、しつこい男だって思うか？　なあ、愛《あい》」

はなから返答など期待していない。ただ目の前に立つ、くすんだ墓石のその下で、彼女を形作っていた一部が聞いてくれていれば、それでいい。

手向《たむ》けた花束の間で、白く細い煙が静かに揺らめいている。慣れ親しんだ線香の香り。

いっそ、若者に人気のアロマでも焚《た》いたほうが、彼女は喜んでくれるのかもしれない。

俺は細心の注意を払って、群青《ぐんじょう》色の扇子袋から取り出した扇子を開いた。

夜を切り取ったような黒に、黄色い光を放つ蛍が数匹。

出逢ってから別れるまで『特別な友人』だった彼女がくれた、唯一の忘れ形見だ。

『ほら、私の名前って愛でしょ？　つまり私は、存在自体が愛なわけよ。ほら、すっごく幸せでしょ？』

『だからね、荻原。私は愛だから、もう、これ以上の愛はいらないの』

何度も、飽きるほど反芻《はんすう》した台詞。笑う顔はまだ双眸に焼き付いているのに、その唇から発せられていた声が、上手く思い出せない。

俺は背負っていた鞄に、扇子をしまい込んだ。

「……行ってくる」

彼女のいない、十八年目を迎えた今日。

俺は初めて、彼女がこの扇子を手にしたであろう、『嘉風神社』に向かうことにした。

彼女との出会いは、中学の時だった。

慣れないブレザーに、真新しい運動靴。数か月前よりぐっと大人に近付いたようで、俺の心は浮ついていた。

それまで仲の良かった親友も、同じクラスになった。

安堵と嬉しさから、それまで通り教室でじゃらけていた時。桜を躍らせた春風のように、彼女が現れた。

一目惚《ひとめぼ》れだった。生まれて初めての。

なだらかな肩を覆う、柔らい髪。まっすぐな背筋に、意志の強い瞳。そのどれもが俺を引き付けて、虜《とりこ》にした。

けれども話しかける勇気なんて、持ち合わせていない。遠巻きに眺めるだけで、あっと言う間に数か月が過ぎた。

そんな、ある日。

あれは夏休み前の、昼飯前に下校となる短縮授業の時だ。すっかり忘れていた、美術で描いた絵を引き取りに行っている間に、雨に降られてしまった。

傘はない。

教室の中はすっかりがらんどうとしていて、俺の手には上手くはないが、それなりに力を込めて描いた水彩画があった。

「……待つか」

空は明るい。きっと、通り雨だろう。

そう判断した俺はときおり鳴る腹の虫と共に、自席で突っ伏して雨が上がるのを待った。

事態が急変したのは、それからほんの数分後。

「……え？　荻原くん？」

突如響いた声に、俺は勢いよく顔を向けた。

開かれた扉に、ぽかんとした顔の彼女が立っている。

え、なんで？　とか、名前、知ってたんだとか。溢れんばかりの動揺を隠しきれないま
ま、「お、おお……」と口にしていた。

「どうしたの？　帰らないの？」

「あ、いや。絵、取りに行っていたら、雨、降ってて」

緊張に途切れる下手くそな会話にも、彼女は気にした風もなく「そっか、なるほどねー」と軽く頷いた。

「あーと、渡瀬《わたせ》さんは、どうして？」

「私？　あ、そうそう！　黒板をね、書き換えるの忘れてたのに気付いて！」

思い出したように黒板へと向かう彼女を、目で追う。確かに、黒板の右端に書かれた日付も日直の名も、今日のままになっていた。

日直が帰宅前に、日付と名前を翌日のものに変えるルールとなっている。……とはいえ。

「……明日の朝でも良かったんじゃ」

「んーそうなんだけどね、気になっちゃって。……あー、スッキリした！」

書き換え終えた彼女が、パンパンと両手をはたきながら嬉し気に笑む。

ドキリと高鳴る心臓。俺は明らかに不自然な動きで窓の外を見遣って、「雨、まだけっこう降ってるなあ」と脈絡なく口にした。

「そうだ！　ねえねえ、荻原くん」

呼ばれて、渋々顔を向ける。

……かお、赤くないよな。そんな俺の葛藤も露知らず、彼女はひらめいたと言わんばかりに手を打ち、

「傘ないんだよね？　お家まで送っていってあげる！」

「はいい⁉　あ、いや、大丈夫だって！　たぶんもうすぐ止むだろうし」

「でも、お腹空いたでしょ？　さっきからたまに、お腹の音聞こえてる」

（まあーじいーでえーかあー……っ！）

かっこ悪いいいいい！　と胸中で叫びながら、オレは両手で腹を抱え込む。

「いや！　これは！　ああと、走って！　帰るから！」

「それじゃあ絵が濡れちゃうよ。教室に置いていったら、先生に怒られちゃうし。ほらほら、遠慮しないで」

いこ！　と俺の腕を引く彼女の手。触れられた動揺でいっぱいいっぱいの俺が振りほどけるはずもなく、結局、彼女と帰路を共にすることになった。

薔薇《ばら》の花びらみたいな深い紅色の傘を、雨が打つ。

隣に並んだ彼女は、俺に道を尋ねながらも他愛無い会話を紡《つむ》いでいた。

触れそうな肩。傘を持つ左腕は、頭ひとつ背が高い俺に合わせようと、めいっぱい伸ばされている。

……しんどいだろうな。

「……あのさ。嫌じゃなかったら、傘、俺が持ってもいい？」

「あー……じゃあ、頼んじゃおうかな。かわりに絵、持っててあげる！」

交換こね、と右手を差し出し、無邪気に笑う彼女。

どちらも俺が持って良かったのだけど、せっかくの気遣いを無下《むげ》にはしたくない。俺は

「じゃあ……」と傘を受け取り、丸めた絵を託した。

バレない程度に、傘を彼女側へと寄せる。至近距離で並んだ誰かと歩幅を合わせるのが、こんなに難しいとは思わなかった。時折触れてしまう肩に、意識をもっていかれそうになる。

のんびりとした会話を紡ぐ彼女の声は、弾んでいて楽しそうだ。俺はできるだけ平静を装いながら、初めて知る彼女の歩幅に合わせて足を動かした。

俺達はこの日を境に、時折言葉を交わすようになった。

その頻度《ひんど》が少しずつ増え、二学年に上がる頃には、互いに軽口を叩くようになっていた。

常に同じクラスだったのは、奇跡としかいいようがない。

そのうち休日もしばしば近場で時間を共にするようになった俺達は、三年生になった。

春が過ぎ、夏が過ぎ。秋を見送り冬を迎え、卒業を意識するようになってもなお、俺は依然として彼女への想いを抱え込んでいた。

時間をかけて積もった恋しさは、誰にも負ける気がしない。けれど伝えてしまったら、今の関係は二度と戻ってこない。

(……どうするかな)

どちらにせよ、卒業してしまえば顔を会わせる機会もなくなる。彼女と俺は、別の高校への進学が決まっているからだ。

（……言わなければ、高校行ってからも会ってくれんのかな）

それならば、その方が。

でも、もし。そうやって気の合う友達に収まり続けて、手も挙げないうちに彼女に恋人ができたら？

あり得ない話じゃない。むしろ、その可能性のほうが高いだろう。

だって俺達は卒業して、お互いに世界が変わる。出会う人も、環境も……傍にいる相手だって。

（あー……嫌だなあ）

想像して、一人落ち込む。

こんなことなら言っておけばよかったって、後悔する未来しか見えない。

（……やっぱり、ここらでちゃんとケジメを付けるべきか）

揺れる天秤《てんびん》を何度も左右に傾けながら、悶々と決断を先延ばしにしていたある日。その時が、訪れた。

年明けから数週間が過ぎた、一月の土曜日。すっかりたまり場の一つと化していた近所の公園で、俺はベンチに座って、マフラーをぐるぐる巻きにした彼女が滑り台を繰りかえす様《さま》を呆れながら見ていた。

よくある光景だ。だからこそ、よく飽きないもんだ。

（終わったら温まりついでに、肉まんでも買いに行くか）

そんなことをぼんやり考えていたら、五度目の滑りを終えた彼女が、台上に座ったまま「ねえ」と俺を向いた。

「あのさ、荻原。今からしょーげきの爆弾発言しよーと思うんだけど、信じてくれる?」

「……信じるもなにも、自分でしょーげきの爆弾発言って言ってんじゃん。なら本当のことなんだろ? 疑わないって」

彼女は「だよねえ、良かった」と嬉しそうにはにかんでから、真面目な顔で「はい」と右手を挙手し、

「私ね、実は生まれつき心臓が弱いんです」

「…………は?」

「そんでね、先生の話だと、二十歳までいけたらいいねって感じみたいで。今までは結構頑張ってくれてたみたいなんだけど、やっぱりほら、身体って成長しておっきくなっていくじゃない? そうすると、かかる負荷も大きくなっちゃうみたいで。頑張ってほしいよねー。振袖着てみたいよー」

……信じられなかった。いま、目の前で笑っている彼女の心臓が、生まれつき弱い?

二十まで持てばいい?

……なんだそれ。冗談にしたって、笑えない。でもさっき俺は、疑わない、と言ってしまった。

信じるしかないのだ。彼女の、告白を。

処理できない感情に絶句する俺は、どんな顔をしていたのだろう。

彼女は「やばい、荻原。変な顔」とおかしそうに噴き出して、

「皆には内緒ね？　学校とも話してて、最近体育休んだりしてるのも、重度の貧血持ちってことにしてるから」

「……なんで、俺には教えてくれたんだよ」

「んー。荻原なら、いいかなあって」

なんなんだ。なんなんだよ、それ。

硬直する俺を見て、彼女がふわりと頬を緩める。

「ねえ、荻原。私ね、自分が可哀そうなんて思わないよ？　だって今までも、これからも、すっごく幸せだから」

「なん……」

「ほら、私の名前って愛でしょ？　つまり私は、存在自体が愛なわけよ。ほら、すっごく幸せでしょ？」

「……ちょっと、滅茶苦茶すぎて……。いや、お前らしいけど」

「でしょ？　荻原ならわかってくれると思ったー」

彼女はコロコロと笑ったかと思うと、目元をやわらげながらも意志の強い双眸で、

「だからね、荻原。私は愛だから、もう、これ以上の愛はいらないの」

「！」

瞬間、俺は理解した。

そうか。これは牽制だ。彼女は俺の恋心に気付いたのだ。

そして俺が抱えた想いを口にする前に、拒絶した。秘めた真実を打ち明けて。

（……なにが、『荻原ならいいかな』だよ）

彼女が考えそうなことなんて、簡単に想像がつく。俺を傷付けまいと、先手をうってきやがって。

やり場のない怒りが、決断の天秤を傾ける。ああ、そうか。わかったよ。

——そっちがその気なら。

「……もうすぐ卒業だね。中学入ってからずっと荻原と一緒だったから、荻原がいない生活って、変な感じしそう」

「……別に、学校が別になったって、俺が地球からいなくなるわけじゃないだろ」

「え……？」

「高校行ったら、携帯買ってもらうんだろ？　俺もそうだし、それで連絡取ればいいじゃん。家だって近いんだから、またこうして会えばいいし。簡単だろ」

「でも……」

「学校が変わったくらいで切れるような友達なのか？　俺達。違うだろ？」

そう、友達だ。友達ならいいんだろ？

（……俺は結構しつこいからな）

終わらせたくない。たとえ、俺の気持ちが永遠に一方通行でも。

彼女と一緒の時間を過ごせるなら、なんでもいい。

（……頼む。拒絶しないでくれ）

祈りながら、彼女を見つめて返事を待つ。

――これは、俺の我儘だ。

薄く開いた彼女の唇から、白い息が何度も漏れ出る。

「……うん！」

たっぷりの逡巡をはさんでから頷いた彼女は、笑んでいた。

冬の寒さを溶かすような眩しさに、俺は双眸を細めて、更に焦がれた。

＊＊＊

北鎌倉駅で降りて、徒歩で数十分。要塞のように高く伸びた竹が取り囲む土地の中に、その神社はあった。

「……騙された」

どこが『観光スポットになっている神社前の土産屋《みやげ》で、たまたま目に入った安物』だ。

観光スポットどころか、全く人の気配がない。念のため対面側を確認してみるが、案の定、土産屋などない。

彼女の遺《のこ》した僅《わず》かな情報をたよりに、この神社の可能性を弾《はじ》き出したのだが……こんな風貌で、本当に扇子を頒布しているのかすら怪しい。

彼女があの扇子をくれたのは、十七の時。家族で鎌倉散策に行った際の、土産だと言っていた。

どこまでが本当で、どこからが嘘なのか。せめて、家族で来たってとこくらいは真実であってほしい。

鎌倉という土地は坂が多い。ここに来るまでも、緩やかな上り坂があった。

あの頃は既に、長時間の外出を止められていたはずだ。この神社前まで車で乗り付けてもらったのだと、信じたい。

「……本当、ちっともわからせてくれないな」

いつだって……最後の最後まで、突拍子のない奴だった。

ため息交じりに参道へ歩を進め、長い年月に木肌を枯らした朱色の鳥居をくぐる。

この鳥居は、いつからここに在るのだろう。彼女が同じようにこの鳥居をくぐっていたのなら、圧倒的な長命の証を、どんな気持ちで見ていたのか。

彼女の気配を探しながら進んだ俺は、参拝作法に乗っ取り、手水舎で手と口を清めてから社殿に向かった。

どうか、当たりでありますように。そう願いつつ参拝を終えた俺は、とりあえず話を聞けそうな場所を探す。

すると、先ほど通り過ぎた社務所の扉に、張り紙を見つけた。

『〝扇子〟、あります。御用の方は、お気軽に中へどうぞ』

(――扇子)

心臓が、期待に大きく胸をうつ。

見れば扉上には『嘉風堂』の文字。ただの社務所ならば、こんな木札はつけないだろう。

(……もしかしたら、本当に。本当に、当たりかもしれない)

なあ、愛。どうなんだ？

淡い面影に問いかけながら、俺は緊張に強張る掌で扉を開けた。

「……ごめんください」

「はい、承ります」

こちらに気付いた黒髪の青年が、愛想よく笑んで頭を下げた。

関係者、なのだろうか。着物でも袴でもなく、オーバーサイズのTシャツに細身のスラックスを合わせていて、紺色のエプロンをつけた姿はどちらかというとカフェの店員のようだ。

「扇子のご注文でしょうか？」

訊かれて、思わず息を詰めた。

「……扇子、あるんですか」

「え？　あ、はい。うちではお守り代わりとなる、完全オーダーメイド制の扇子を頒布していますが……」

（完全オーダーメイド制……）

あまりの齟齬《そご》に、眩暈《めまい》がしてくる。

……しっかりしろ、俺。今は恨み節よりも。

「あの……えと、すみません。ちょっと、お尋ねしたいことがあるんですが」

俺はリュックから群青色の扇袋を取り出し、扇子を抜き出した。

「……この扇子って、こちらのモノかどうかってわかりますか？」

開いて見せると、青年は「わあ、綺麗な蛍……」と目を輝かせてから、

「ちょっとお借りしてもいいですか？」

「ええ、どうぞ」

青年は慎重な手つきで扇子を受け取り、様々な角度から扇面を眺めた。

真剣で、査定するような眼が、俺に向く。

「いちおう、管理人にも確認したほうがいいですけど、ウチの扇子で間違いないと思います」

「！」

（――当たりだ！）

俺は飛びつく勢いで尋ねる。

「あの、じゃあ、その扇子を買った人について、何かご存知のことはありませんか？」

「ええと、いつ頃お受けされたモノかわかりますか？」

「……十八年前に」

「十八……！　それは、癸燕さんでも厳しいかもなあ……。あ、いま管理人を呼んできますので、そちらにおかけになっててください」

青年の示した先には、丸テーブルと椅子が二つある。

俺が頷いたのを確認して、青年は暖簾のかかる上がり口から奥へと姿を消した。

俺はのそのそと椅子に移動して、腰を落とす。机の上に開いた扇子をそっと乗せた。

（……やっぱり、厳しいか）

十八年も前のことだ。大勢いる客のたった一人を覚えているほうが、稀だろう。

消沈《しょうちん》しながらも、でももしかしたら、という思いを諦めきれずにいた俺は、暖簾を上げて現れた管理人を見て最後の望みを手放した。

「お待たせしてしまって、すみませんね」

……若い。着慣れた様子の和服と柔らかな物腰のせいか、随分と落ち着いた雰囲気を纏っているが、その顔は目立った皺もない。綺麗な顔立ちをしていてわかりづらいが、おそらく、二十代後半あたりだろう。

既に先ほどの青年から話を聞いているようで、草履を鳴らしながら近付いてきた彼は、扇子を見遣ると即座に、

「ああ、これはウチの扇子で間違いないですね。それでええと、十八年前にウチでこの扇

子をお受けされた方についてですよね」

管理人が俺の対面に腰掛ける。

「手に取っても？」

「あ、はい。どうぞ」

「失礼します。……なるほど。蛍、ですか」

意味深に呟いた管理人は、すぐにニコリとした笑みを浮かべ、

「この扇子はどなたから？」

「えと、大切な……友人から貰いました」

「……そうですか。お察しの通り、この扇子をその方に授与したのは僕ではありません。おそらく、先代かと。本人に確認を取ればそれが一番だったのですが、少々、難しい状況でして。台帳が残っておりますので、探してみますね」

「っ、いいんですか」

「ええ。ただ、なんせ十八年も前のことですので……それなりにお時間を頂戴することになるかと」

「待っています。いや、待たせてください。ほんの些細なことでもいいんです。注文に来たのが彼女だったのか、それとも親御さんだったのか。昼に来たのか、夜に来たのか。なんでもいいんで、知りたいんです……！」

なんで今更。どうしてそんなに必死に。

そう不思議がられてもおかしくない剣幕だったが、管理人は何ひとつ尋ねずに、「わかりました」と頷いた。

扇子を俺に向けて机上に戻すと、椅子を引いて立ち上がる。

「それでは、暫しお待ちいただけますか」

「はい。……よろしくお願いします」

下げた頭の向こう側で、薄く笑んだ気配がする。

再び上がり口に向かい、草履を脱いで、暖簾の向こう側に消えた背。

入れ替わるようにして、先ほどの青年が戻ってきた。お盆に乗っている湯呑はふたつ。

彼はそのうちのひとつを俺の前に置きながら、「俺、お客様がお持ちになっている先代の扇子って初めて見ました」と口にした。

「ここでは、長いんですか？」

「ええと、五年くらいですね」

「五年もいて、一度も？」

「びっくりですよね。時々、扇子の修理依頼に来てくださる方もいらっしゃるんですけど、少なくともこの五年間、先代の扇子は一度もないですね。先代が最後の扇子をお客様に託されてから十年ほど経っているそうなので、癸燕さん……今の管理人は、おそらくほとんどは役目を全《まっと》うして土に還ったか、日の目を見ることなくしまい込まれているのだろうと」

語る青年の視線は、机上の扇子に注がれている。物珍しさに煌めく双眸を見つけてしまって、察した俺は「……よかったら、もう一度見ますか？」と扇子を差し出した。

案の定、青年は飛びつく勢いで、

「え！　いいんですか？　ありがとうございます！」

あまりの気迫に一瞬、不安が過ったが、嬉々とした表情とは裏腹に受け取る指先は丁寧だ。

青年は再び扇子を様々な角度から、今度は好奇に満ちた眼でじっくりと眺める。

暫くすると、おやといった風な仕草をみせた。

「どうかしました？」

尋ねた俺に、青年は数秒の逡巡をはさんで、

「……もしかして、この扇子を受けられた方って、女性ですか？」

「！　わかるんですか」

「ああと、今の管理人と絵付けのクセが似ていて……。もちろん、全部が全部そうではないですけど、女性のお客様用に描かれた絵には、どことなく柔らかさがいつもの三倍増しなんですよ。……でも」

「でも？」

「地紙がこうも黒一色というのが気になって……。女性用なら、もっと違った色付けをお勧めしそうなもんなんですよねえ……。なんか、この扇子はどちらかというと、初めから

お客様……つまり、男性の方に渡すことを想定していたように見えるんです。ウチはデザインの持ち込みも承っているんで、お客様が指定されたって可能性も残ってますけど……たぶんこれ、『管理人のお任せ』のほうだと思います」

「『管理人のお任せ』?」

聞きなれない言葉に、思わず訊き返す。

つまりそれは、この扇子を選んだのは彼女ではなく、ここの『管理人』だということだろうか。それならば、少しショックだ。

てっきり今までずっと、選んでくれたのは、彼女だと。

肩を落とす俺に、青年は「あれ?」と拍子抜けしたような顔をした。

「ええと、ウチの扇子は願いが叶う扇子って噂されているって、そのお相手の女性から聞いてませんか? 正確には、神様に願い事を届ける扇子なんですけども」

「……初耳です」

「あ、それじゃあ簡単に説明させて頂きますね。さっき、ウチの扇子は完全オーダーメイド制だとお伝えしたと思うんですけど、ご注文の際に『管理人のお任せ』か『持ち込み』をご選択頂いているんです。一部の方に願いが叶う扇子と呼ばれているのは、『管理人のお任せ』で見繕った柄が、その時のお客様に寄り添った絵柄だからなんですね」

だから、と彼は扇面の蛍へ視線を落として、

「この蛍の絵柄も、この扇子を受けられた方にとっては、意味のある柄のはずなんです。

うう―ん、なんだろな……蛍を贈る意味かあ」

　悩み出した青年を前に、俺は声も出せずにいた。

　……何ひとつ、聞いていない。

　彼女は、わかってて来たのだろう。最初から俺に神様に願い事を届ける扇子を渡すつもりだった。その絵柄に、ひっそりと意味を込めて。

　なんで。どうして。置き土産のつもりだったのか？

　最期まで気持ちを伝えないまま、傍に居続けた俺に。せめてもの情けとして、餞別《せんべつ》を遺していこうと？

　ぐるぐると渦巻く疑問は、どれひとつとして喉を通らない。

　当然だ。だって、答えるべき彼女はもう、どこにもいないのだから。

　考え込んでいた青年が「あ、そういえば」と声を上げた。

「蛍ってたしか、魂の象徴だったような」

「っ！」

「あ……すみません、もしかして……そのお相手の方って」

「……亡くなりました。十八年前に」

「……扇子を受けられたのと、同じ年ですよね。もしかして、その方はご自分の余命を知って？」

「……いいえ。確かに亡くなったのはこの扇子を受け取った半年後のことでしたが、原因は風邪をこじらせたことによる肺炎だと聞きました。まあでも、元々心臓が弱かったので、もしかしたら彼女の中ではある程度の覚悟があったのかもしれませんが……本人からは、なにも」

「……大切な方だったんですね」

「そうですね。大切でした。告白さえ、させてもらえませんでしたが」

途端、青年ははっとしたような顔をして、

「もしかして、お客様に蛍を渡したのって、何があっても自分の魂は側にいるよってメッセージだったんじゃあ」

「え……？」

たじろぐ俺をものともせず、青年は熱弁を振るう。

「きっと、その方は自分が去った後に、お客様がとても悲しむのを予想していたんですよ。だから、魂の象徴である蛍をお客様に渡して、自分はいつでも側にいるよって伝えたかったた。お客様のことが、大切だったから。そう考えると、しっくりくるような気がしませんか？」

「けれど……なんだかあまりにも、自分に都合が良過ぎて」

「う〜ん、なにか裏付けできるような証拠が出てくればいいんですけど……。そこは、台帳に期待するしかないですね」

それにしても、と。青年は、慈愛に満ちた瞳に微かな寂しさを滲ませて、扇面を撫でた。

「……その方は幸せですね。亡くなった人は、忘れ去られることが一番悲しいってどこかで聞きました。その点、十八年もずっと想って貰えて、渡した扇子もこんな綺麗に――」

「でもね、忘れない、と、忘れられない、では全然違うし、何が一番悲しいかは、故人によってそれぞれ違うものだと思うよ」

「！」

変な風に息を呑みこんだ俺に、上がり口から降り立った管理人が「お待たせしました」と笑む。

手には紐止めされた古い冊子。おそらく、あれが台帳なのだろう。

……あったのか。

胸をざわつかせるこの感情は、歓喜なのか、恐れなのか。

青年が「ありがとうございました」と会釈して、机上に扇子を戻し置いた。

「……お帰りなさい、癸燕さん。何かわかりました？」

「うん。思っていた以上の収穫があったよ」

微笑む管理人が先程のように、対面の席に腰掛ける。早速台帳を開くのかと思いきや、彼は広げられた扇子の蛍をじっと見た。

まるで、慈しむような眼だ。何か天啓《てんけい》でも受け取ったかのように瞼を閉じると、静かに上げ、

「……確かに蛍は、その儚さから『魂』の象徴として多く使われてきました。ですが同時

に、身に隠した『恋』の象徴としても、数多く使われています」

「っ」

心臓が止まる。管理人が台帳を捲り、あるページで止めた。

封筒が一通。なんの飾り気もないそれは長い間そこにあったようで、本来持っていたであろう白さを失っている。

管理人はその褪《あ》せた封筒を丁寧な仕草で持ち上げると、俺の眼前に置き、

「どうぞ。貴方様宛てです」

「…………は？」

素っ頓狂な声が出た。混乱に固まる俺の代わりに、

「ちょっ、ちょっと待ってください癸燕さん！　その手紙がこのお客様宛てって、どういうことですか？」

青年が焦った様子で、俺の心情を代弁してくれる。

それでもなお管理人は穏やかな笑みを崩さず、

「どうって、そのままの意味だよ」

「いえ、だから！　その手紙がこのお客様宛てって、どうしてわかったんですか？　そもそも誰からの手紙なんです？　あまりにも急すぎて整理が追い付かないんで、説明してください！」

「ああ、なるほど。ならまずは、簡単な昔話からかな」

そう言うと管理人は、一度お茶で喉を潤した。子供を眠りに誘う母親のように、穏やかな口調で語り始める。

「昔々あるところに、美しい少女がおりました。彼女は自身の命がそう長くはないと悟り、不思議な力を持つと噂される扇子を求めて、とある神社の社務所を訪れます。すみません、神様に願い事を届ける扇子がほしいのですが。呼びかけに男が現れて、彼女にこう言いました。承知しました。ならば貴女にピッタリの扇子を選びましょう。ですが彼女は即座に首を振ります。いいえ、私はその扇子を、ある人に渡したいのです。私を大切にしてくれたその人が、どうか幸せになれるように」

――これは、彼女の話だ。

気付いた俺は息を潜めて、管理人の語りに集中する。

「男は尋ねます。その人にとっての幸せは、貴女が側にいることでは？　彼女は答えます。だからです。私は近い将来、彼の傍を離れなければなりません。どんなに望んでも、変えられない運命なのです。本当は、何も残さずに去ろうと思っていました。でもそれでは彼が、あまりにも心配だから。……いいえ、本当はただ、私の我儘なのです。彼には私を忘れてほしいのに、忘れずにいてほしいのです」

「！」

忘れてほしい、忘れてほしくない。

そんなことを彼女が……愛が、考えていたというのか？

「話を聞いた男はなるほどと頷きました。なら、私はそのお手伝いを致しましょう。男は彼女にその想いをしたためさせ、扇子を見繕いました。そして言います。きっとこの扇子を受け取ったその人は、貴女を忘れることはないでしょう。ですからいずれ、時がきたら。この手紙を彼に渡し、貴女の心を届けましょう。貴女の願う幸せに彼が歩み出せるよう、その背を押すのは、貴女でなければ」

「……じゃあ、その手紙は」

呆然と呟く俺を、管理人の薄い瞳が捉える。

「ええ、その通り。貴方の求めた彼女からの、時を超えた恋文ですよ」

嘘だ。そんなはず、あるわけない。反射的に否定しつつも、急く指先で即座に封を破いた。

二つ折りにされた、これまたシンプルな用紙が二枚。

開いた瞬間、俺は目を疑った。

『諌見へ』

──彼女の字だ。

間違いようがない。よく知った、懐かしくも愛おしい。

彼女の吐息を探るようにして、綴られた文字の先を追った。

『この手紙を読んでるってことは、これまでずっと、私を忘れないでいてくれたんだね。元気？　私が死んでから、どれくらい経った？　一か月？　一年？　まさか、十年だったりして。だとしたら諌見は今、二十七歳か。いいねー、脂《あぶら》が乗ってる時期だね！』

あまりに変わらない、相変わらず過ぎる文面に、俺はつい苦笑を零す。

十年？　甘いな。正解は十八年だし、脂が乗った時期どころか既に枯れ始めてるっての。

『諌見に手紙を書くなんてちょっと恥ずかしいなーって思ったけど、諌見がこの手紙を読んでる時には、もう私はいないし。それなら私は恥ずかしいとか、ないじゃん？　というワケで、今まで言えなかったことを書いておこうと思います』

『大好きだよ、諌見。本当にね、諌見のことが大好きで、せっかくいつ消えてもいいやって割り切れるようになってたのに、死ぬのが凄く、怖くなっちゃった』

『なんでこんな身体なんだろうって恨んだり、ずっと側にいられないのを、嫌だなあって思ったり。笑っててもね？　あ、もうこうやって一緒に笑えることもなくなるんだって、泣きそうになったりしてさ。楽しければ楽しいほど、苦しくてたまらないの。ぜんぶ逸見のせいだよ？　責任取ってください』

……ちょっと待て。待ってくれ。

十八年越しに打ち明けられた真実があまりに衝撃的すぎて、上手く受け止められない。

大好き？　俺のことが？

確かに友達として傍に置いてくれていたのだから、嫌われてはいないと思ってたが……

この書き方はまるで、俺と同じ意味の好きみたいじゃないか。

「……身に隠した恋」

勢いよく顔を跳ね上げた俺に、管理人がくすりと笑う。

「!」

「ですからお伝えしたでしょう? これは、恋文だと」

信じられない気持ちが段々と理解に変わり、じわじわと頬に熱を持たせる。

――同じ、だったのか。俺達は。

抱えた想いも、苦悩も。その身を通して、音にできなかったことさえ。

「……勝手に言い逃げしておいて、今更どう責任取れっていうんだ」

恨みがましく零して、彼女の残した次へと視線を落とす。

刹那、周囲の音が、消えた。

『幸せになって』

『絶対、幸せにならなきゃダメ。じゃないと許さない』

『私もね、他の子みたいに〝いつか〟が許されてたら、結婚とか、子供とか、いいなーって思ってた。家族連れを見るとね、凄く眩しくて、羨ましかったの』

『諫見はさ、どんな人を眩しいなって思う? 私はね、諫見にはその光を掴んで欲しいよ。出来たら誰かと一緒になってくれたほうが、私は安心なんだけどね。ほら、諫見って、結構適当なとこ多いから。でもきっと、幸せの形って色々あると思うんだよね。だから、幸せの定義は諫見に任せる。でもね、いつもみたいに笑って、ふざけて、明日を待ち遠しく思えるような、そんな毎日を送ってください』

『ありがとう。私を好きになってくれて。好きって言わないでいてくれて。それでも側にいてくれて。本当に、大好き』

『けどね、諫見。私はもう、諫見の記憶の中にしかいないから。今日まで忘れずにいてくれて、扇子も大事にしてくれて、もう、じゅうぶん。ほんっと私って愛されてるよね！　愛なのにさ。うん、満足。私は十分通り越して百分過ぎるくらい諫見を独り占めして、すっごく幸せだった。だから、今日でお終い。今度は諫見が幸せになる番だよ』

『今日からその扇子は、押し入れにしまうこと！　で、どうしてもって時だけ、そういえばあんな奴もいたなあって懐かしんで。そうやって思い出す回数がどんどん減って、いつか扇子の存在も忘れて、私のことも朧気《おぼろげ》になってくれたら、私は嬉しいよ』

『大丈夫。諫見は絶対に、幸せになれるよ。だって、そのお願いは扇子じゃなくて、私が直接神様に伝えにいくんだもん。諫見は私を信じて、いっぱいいっぱい、満足するまで、生きてください』

『以上！　いなくなった今だから言える、最後の暴露大会でした』

『探しに来てくれて、ありがとう。ばいばい、諫見』

ああ、どうして。どうしてお前はいつも、俺には何も言わせてくれないんだろう。

好きも、さよならも、幸せを祈る言葉さえ。俺だけが飲み込んで、お前だけが俺に言う。

「……っ、ずるいじゃないか、愛」

喉の奥がひりつく。知らずに溢れた感情が、ほとりと手紙を滲ませた。

青年が慌てた様子で「ティッシュです！」と差し出してくれたそれを、礼を告げて受け取る。

「すみませんね、みっともないところを」

「いえ。泣きたい時に泣けるのは、心が生きている証拠です」

若いのに、達観したようなことを言う。

面食らったお陰で平静を取り戻してきた俺は、勢いよく鼻をかんで管理人を見た。

「……この手紙は、頂いてもいいんですかね」

「もちろん。初めから、貴方様のモノですから」

俺は手紙に視線を落として、「ありがとうございます」と呟く。

当たりどころか、大収穫もいいところだ。

もともと突拍子もないことをするような奴だったが、まさか俺が来ると信じて、こんなところに熱烈なラブレターを仕込んでいるなんて。おまけにやっと想いが通じ合ったかと思えば、身勝手に突き放してくる。

「……でもま、恐ろしいほどお前らしいよ。まったく」

呆れ交じりに息をつく俺を見て、ころころ笑う姿が想像できる。

「……あの」

おずおずと声をかけられ、顔を上げた。不安げな顔をした青年は、数秒の躊躇《ためら》いを飲み込んで、

「彼女と出会ったこと、後悔しますか」

後悔。後悔か。

なるほどさっきの嘆息が、失意に見えてもおかしくはない。

……なんだか、愛が尋ねてきたみたいだな。

俺は「……そうだなあ」と扇子に視線を移し、

「そもそも知り合わなければ、俺が好きになることもなかったし、愛がこんな風に最期まで苦しむこともなかったんだろうな。俺もこうして、しんどい思いなんてせずに、もっと違う人生を送っていたんだろうし。……でもきっと、そんな世界はないんだよ。遅かれ早かれ、俺と愛は出逢っていただろうし、俺は絶対に恋をする。運命ってやつだな、気障《きざ》だけど。だから、俺たちの境遇を恨みはしても、後悔はしないさ。これまでの俺の人生には愛が必要だった。そしてこれからは――」

彼女が遺した願いを、叶えてやらなければ。

「……ったく、惚れた男ってのは、弱いもんだな」

たとえそれがどんなに己の意思と反していても、叶えてやりたくなる。

「……こんなんで回答になりましたかね」

青年に視線を戻すと、「はい、助かりました」と爽やかな笑みを浮かべる。

助かりました？　妙な言い回しだが、まあ、納得してくれたのならいいか。

「管理人。この扇子には、これから暫く眠ってもらうことになりそうでして。せっかく作ってもらったってのに、すみませんね」

管理人は心得ていたかのように穏やかに頷き、

「蛍というのは本来、暗闇に在るものですから」

それもそうだ。魂だ恋だと教えてくれたが、この結末まで読んでの蛍だとしたら、なんとも恐れ多い。

俺は元の通りに折りたたんだ手紙を封筒に戻し、扇子と共にバッグにしまった。

「どうも、お世話になりました」

青年が立ち上がった俺を、戸口まで案内してくれる。

「お役に立てたようで、何よりです。お気を付けてお帰りくださいね」

嘉風堂から踏み出した俺はふと思いつき、

「あの、俺、フリーのライターやってるんですけど、この神社と扇子のことブログに書いてもいいですか？」

「え！　ライターさんだったんですか？」

驚愕に声を上げる青年の後方で、

「ええ、構いませんよ」

頷く管理人に、俺は「どうも」と会釈する。

「あの！　記事にされる時はどうか！　願いの叶う扇子じゃなくて神様に願い事を届ける扇子、それも神の御心次第！　ってことでお願いします！」

なぜか必死の形相で詰め寄る青年に「わかりました」と頷いて、俺は今度こそ店から踏み出した。

「新しい扇子が必要になったら、またいつでもどうぞ」

背を押す柔い声に、俺は口角《こうかく》を吊り上げる。

そんな日が、いつか俺にも来るのだろうか。来たとしても、随分と先だろう。だって俺はまだ、彼女の示した幸せを探し始めたばかりなのだから。

誤魔化しなど通用しない。彼女の納得する幸せを見つけないと……。

（……これまた、随分と骨が折れそうだ）

けれど、不安はない。

穏やかな笑みを浮かべる管理人は、そんな俺の胸中など百も承知なのだろう。そんな顔をしている。

「……その時はまた、お世話になります」

肩を竦めて返した俺に、青年が「はい！」と力強く頷いた。俺より少し低い位置の頭が下がる。

「ようこそのご参拝でした。お気をつけて」

竹藪に囲われた境内には、来た時よりも濃い影が落ちている。

……夕刻か。

間もなく今日が終わる。そして、明日がくる。

「……はえーなあー」

なあ、愛。十八年だ。十八年も、俺はお前にしがみ付いていたんだよ。

さすがにすぐには切り替えられないから、今夜だけは扇子を傍らに一杯やらせてくれ。

そうしてちゃんとさよならを告げたら、明日に向かうから。

――ふと。薄く吹いた風が、頬を撫で上げた。つられて俺は空を見上げる。

オレンジ色に染められた空。浮かぶ雲は沈みゆく陽の光を反射して、見事な濃淡にその身を焦がしている。

「……きれーだなあ」

うん、綺麗だ。久しぶりに感じた。そもそも、こうして空をゆっくり眺めるのも、いつぶりだったか。

俺は〝幸せ〟を探しながら、ゆっくりと歩き出す。

竹藪を抜けて再び仰いだ夕暮れは、いつか君の隣で見た夕暮れと同じ色をしていた。

「ただいま戻りましたー」

『本日終了』の木札がかかった嘉風堂の扉を開けると、上がり口の暖簾から顔を覗かせた癸燕さんが「おかえり」と出迎えてくれた。

「お疲れ様。お茶淹れたから、一緒に飲もう」

「え……？　癸燕さんが淹れたんですか……？」

「そうだよ。僕以外にいるかい？」

「そんな、待っててくれれば俺が淹れたのに」

「これは、わざわざ扇子の奉納に行ってくれた充晴へ、労《ねぎら》いのお茶だよ？　充晴が淹れたら、意味がないでしょ」

「うーん……そうですね……いや、そうなんですけど」

嬉しい。うん、気持ちは嬉しい。

ただ如何せん、この人は料理が清々《すがすが》しいほどダメだ。

それがもう、驚きを通り越して感動を覚えてしまうくらい、壊滅的にダメなのだ。

けれども「さ、飲もう」と頬を緩め、いそいそと湯呑を並べる姿を見てしまうと……無下にはできない。

俺は零れ落ちそうな涙を飲み込んで、いつもはお客様をお通しする右方の喫茶スペースに向かった。癸燕さんの対面に腰を下ろす。

匂いは……大丈夫。いつもの緑茶の香りだ。ただちょっと色が……既に色が濃い。

（いや、きっと抹茶だと思えば……なんとか！）

ままよ！　と躊躇いを振り切って湯呑をあおり、一口を飲み込む。じっと様子を窺っていた癸燕さんが、小首を傾げた。

「どう？」

「……うん、抹茶もびっくりの渋さと濃さですね」

いったい何杯の茶葉を入れたんだ。そして、何分蒸らしたんだ。

（……ひとまず口直しが先か）

今日の茶菓子は紫陽花《あじさい》を模した上生菓子に、一口サイズの饅頭が用意されている。

食べやすさから饅頭に手を伸ばして、口内に放る。薄皮を突き破って広がったまろやかな餡子《あんこ》の甘味が、お茶の渋みを通り越した苦味を消し去ってくれる。

ああ、美味しい。餡子万歳。

感動に打ち震えていると、癸燕さんが「……大丈夫？」と声をかけてきた。

「あ、はい。一応、飲めない程ではないので……」

「ううん。お茶じゃなくて、充晴のこと」

言われて、俺はピタリと静止した。

癸燕さんは憂《うれ》うように瞳を伏せ、

「最近、ちょっと続いたからね」

何が、なんて尋ねずとも、というか、そういった素振りは見せなかったはずなのに、どうしてこの人はわかってしまうのか。

「……そうですね」

小皿に乗せられた薄紫の紫陽花を、黒文字《くろもじ》で二つに切る。

片方を口に含むと、舌触りのいい白餡の優しい甘さが広がった。

「……たとえばあの人にも、明莉ちゃんのお父さんみたいに、子供の俺には気付けない真意があったのかもなーとか。荻原さんに扇子を渡した彼女さんみたいに、手紙に答え合わせを残しておいてくれればなあーとか。考えましたけど、やっぱりまだ答えは見つかりませんでした」

俺には、どうしても辿り着きたい問いの先がある。

癸燕さんは湯呑を手に取って、「そっか」とお茶をすすった。

「充晴が納得するまで、じっくり探せばいいよ。僕は充晴が悲しんでないのなら、それでいい」

兄のような、親のような。そんな慈悲深さを瞳に浮かべて、癸燕さんが微笑む。

俺は照れ臭さを振り払うようにして、緑茶を一気に呑み干した。ついでに、胸の奥底にごろりと転がっていた、重苦しい靄も一緒に流し込む。

静かに流れる、穏やかな空気。安心感を覚えるのは、俺自身がここを自分の居場所だと認識しているからだろう。

そして目の前のこの人は、決して俺を捨てゆかない。そう本能で、わかっているからだ。他人で、絶対的な根拠などありはしないのに、何故だか心からそう信じている。

血縁以上に、家族である人。

「……癸燕さん。もう一回お茶の淹れ方教えますから、一緒にやりましょう」

「あれ？　今回はそこそこ上手くできたと思ったんだけどなあ」

「これを美味いと感じるなら、俺は癸燕さんの舌を疑います……」

何てことない、ただの日常。

俺はそっと視線だけでガラスケースの中の花喰い鳥を見遣って、ほとんど思い出せないその人を想う。

貴女の真意はまだ見つからないけれど、かけがえのないこの人へ繋いでくれたことだけは、心から感謝しているよ。

第五話 ═ 燕と花喰い鳥 ═

母さんが俺を捨てたのは、俺が五歳の時だった。

「充晴。今日からここが、新しい充晴のお家よ」

「……ぼくの？　おかあさんは？」

「お母さんはね、遠くのお仕事に行かないといけないの」

「ぼくもいく！」

即座に手を上げてねだると、母さんは一瞬、悲しそうな顔をした。

だがすぐに、いつもの弱々しい笑みを浮かべ、

「ごめんね。お母さん一人で行かないといけないところなの。でもね、充晴。ここにはたくさんのお友達もいるし、優しい先生もいるわ。ほら、お母さんはいつもお仕事ばっかりで、充晴はいつも一人だったでしょう？　でもここならもう、寂しい思いをしなくてすむの。ね？　楽しそうでしょ？」

確かに母さんは昼も夜も仕事だと言って、ほとんど家にいなかった。

台風が来ようと、俺が風邪を引こうと、すまなそうな顔をして家を出て行った。

俺が産まれてすぐに死んだという父の代わりに、働きに出なければならなかったのだ。

これは、母さんと俺にとって、必要なこと。幼いながらも何となく理解していた俺は、確かに淋しさを感じてはいたが、それよりも母さんを少しでも楽にしてあげたいという気持ちの方が強かった。

それは多分、母さんが事あるごとに「大好きよ」と言って、優しく抱きしめてくれていたからだと思う。

母さんは俺を愛してくれている。

疑いようのないその事実が、俺の心を満たしていたからだ。

なのに。

「……ぼくがここにいたら、おかあさんはうれしい？」

「……そうね、嬉しいわ」

「おかあさん、いつかえってくる？」

「それは……」

途端、母さんの顔がくしゃりと歪んだ。

あれ？　と思った次の瞬間、母さんの顔が視界から消えた。

頬にあたるまとめられた髪。温かい体温。安心する匂い。

「……ごめんねっ、充晴。お母さん、たくさんたくさん、頑張るから。充晴が幸せになれるよう、ずっと祈ってるから……っ！　大好きよ、充晴」

まるで縋るようにして抱きしめてくる母さんが、どうして泣いているのかよくわからなくて。あの時は単に、つかの間の別れを悲しんでいるのだと思っていた。

だから俺も泣いた。離れるのが嫌で。

明日からもう母さんと会えないのだと思うと、たとえ数日だったとしても、寂しくて悲しかった。

泣いて泣いて、散々泣いて。気が付いたら母の腕の中ではなく、知らない毛布にくるまっていた。

嗅ぎなれない匂い。俺が眠っている間に、母はいなくなっていた。

いつ帰ってくるのか聞きそびれてしまった俺は、とにかく母さんが迎えにくるまでうんと『いい子』でいようと決めた。

遠くで仕事に励んでいる母さんを、心配させたくない。それと、迎えにきた時に先生達からいい子だったって聞いたら、嬉しそうに笑って喜んでくれると思ったからだ。

だから俺は好き嫌いをせずに何でも食べたし、当番以外のお手伝いも積極的にした。

小さい子の面倒を見て、我儘は言わず、先生の言うことは絶対に守った。

帰ってきた母さんに、喜んでほしい。ただその一心で。

けれど待てども待てども、母さんは帰ってこなかった。連絡すらない。

誕生日も、クリスマスも、お正月も、バレンタインも。節句も、お盆も、ハロウィンも。

期待が不安に変わり、ふつふつと生まれ始めた疑惑が限界を迎えた頃、俺はやっと理解した。

そうか。母さんは、俺を捨てたのだ。

悲しかった。置いて行かれたことが、捨てられたことが、嘘をつかれたことが。

あんなに抱きしめてくれたのに。大好きだって、言ったのに。

季節が過ぎ、年が過ぎ。悲しみが憎悪に変わってもまだ、俺は僅かな〝もしかしたら〟を捨てきれずにいた。

──あの日までは。


母さんが死んだ、と知らせを受けたのは、八歳の時だった。

病死だと言われた。信じられなかった。

毛玉のない、綺麗な黒い服に着替えさせられた俺は、小さくてどこか寂しい、殺風景な施設に連れていかれた。

「ほら、充晴くん。お母さんにさよならして」

身体を持ち上げられ、小さな縦長の箱を覗き込む。

母さんがいた。目を閉じたその顔は眠っているようにしか見えなくて、俺は「……お母さん」と呼んだ。

朧気ながらも記憶にある母さんは、眠っていても俺が呼ぶと目を開けて「なあに」と笑んでくれたからだ。

だが目の前の母さんは、微動だにしない。

俺はもう一度「お母さん」とはっきり口にした。お母さん、お母さん。呼び続ける声は大きくなっているのに、お母さんは全然、目を開けてくれない。

「充晴くん、もう……」

涙声の先生が、宥《なだ》めるように頭を撫でる。

違う。この手じゃない。俺は、ぼくは、母さんが。

初めて「死」を知った俺の泣き叫ぶ声が、火葬場にこだまする。

喉がかれるまで「お母さん」と繰り返す俺を置いて、赤い唇は一度も微笑まずに、僅かな骨になった。


中学に上がり、たくさんのことが理解できるようになった頃、俺は先生から母さんの事情を知らされた。

末期の乳がんだったらしい。その治療入院のため、俺はここに預けられたのだという。

聞いた時、俺は冷えた心臓の中心部が深く沈んでいくのを感じた。

――ああ、そうだったのか。

母さんは最初から、迎えにくるつもりなどなかったのだ。

だから手紙も、電話も、何ひとつよこさなかった。眠ってしまった俺をここに置いていった瞬間から、俺は母さんの〝家族〟じゃなくなったから。

(……薄情な人だな)

大好き、と最後に置いていった言葉が本心なら、何かしらの手段を使って気にかけてくれただろうし、手紙でもなんでも遺せただろう。

そうしなかったということは、結局、母さんにとって俺の存在は、その程度のモノだったということだ。

(……まあ、名前すら教えてくれなかったくらいだしな)

俺は母さんの名前を知らない。「おかあさん」にも名前があると、あの人は教えてくれなかった。

もしかしたら、やっと俺から解放されてせいせいした、くらい思っていたのかもしれない。心臓の奥底に、ドロリとした不快感。

幼い頃の微かな記憶だけでは、何が嘘で何が本当だったのか、今更知る由《よし》もない。

(……まあ、別にいっか)

幸いにも、俺にとってこの施設は暮らしやすく、世間一般の普通とは異なりつつも平和な日々を送っていた。

母さんが本当に俺を大好きだったか、なんて。大人に近づいた今の俺にとっては、取るに足らない過去だ。

そうして俺は思考を切り、以来、母さんのことは考えないようにしていた。

理性はいくらでも切り捨てる理由をはじき出せるのに、心の片隅に居ついてしまった幼い俺の幻影が、永遠と真実を求めてしまいそうで。

高校に進学させてもらえた俺は、入学するなり早々にアルバイトを始めた。卒業したら、施設を出なければならない。二年後には就職活動が控えているが、今のうちから少しでも貯蓄をと思ったのだ。

忙しいが特に目立った問題もない、平穏な高校生活。そうして迎えた十八の誕生日に、それは起きた。

「十八歳のお誕生日おめでとう、充晴くん。実は、貴方に渡したいモノがあるの」

飲食店のアルバイトから帰宅した俺を呼び止めて、幼少期より面倒を見てくれている先生が、白い封筒を俺に差し出した。

「……お母さんからの、お手紙よ」

「……え？」

「ずっと隠していて、ごめんなさいね。充晴くんの十八歳の誕生日に渡してほしいって、お母さんからお願いされていたの」

「っ、いつ、それを」

「お母さんが亡くなる、少し前に。お母さんからお願いがあるんですって連絡が来て、病院に会いに行ったの。……お母さん、もうご自分の余命がほとんど残されていないって、知ってたわ。それで、これを私に」

先生が、あの頃よりも確かに歳を重ねた双眸で俺を映す。

「……充晴くん。お母さんはあなたのことを、ずっと愛していたわよ」

「！」

なんで、それなら、どうして。

押し込んでいた感情が、瞬時に呼吸を奪う。

俺は手紙を受け取るやいなや、駆け出した。母さんが用意した家を飛び出して、とにかく走った。

心臓が脈打つ速度を上げて、大量の酸素を欲する。耐えかねて足を止めた俺は、肩で呼吸を繰り返しながら、握りしめた封筒を睨《ね》め付けた。

母さんは、俺を愛していた……？

一度も連絡を寄こさなかったくせに。一度も、名前を教えてくれなかったくせに。

いよいよ最期だと「死」を直面した途端、急に寂しさを感じたのだろうか。なるほど、きっとそうだ。

ならばここには俺に悲しんでもらおうと、稚拙な言い訳や薄っぺらい愛の言葉が並べ立てられているのだろう。

「……なんで、今更」

それにしたって、どうしてそれを未来の俺に望むのか。

あの頃の、まだ偽《いつわ》りの愛の断片を信じていた幼い俺に託した方が、いいように扱えただろうに。

「…………」

これは、あくまで答え合わせのためだ。そう自身に言い聞かせて、かさついた遺書の封を切った。

不格好な切り口。別に、丁寧にしてやる義理はない。

中身を引き出すと、三つ折りにされた用紙が出てきた。病床の身だったというのに、両端の角はぴったりと合わさっている。

几帳面な人だった……ような気もする。どうだろう。どっちでもいいか。

緊張半分、投げやり半分。開いた用紙に綴られた文字を見て、俺は絶句した。

「……なんだよ、これ」

そこには予想していたどの言葉もなく、髪のような細い字で、

『お誕生日おめでとう、充晴。時間のある時に、鎌倉の嘉風神社さんに行ってみてください』

「……神社？　なんて読むんだ……きかぜ？」

手紙にはもう一枚、カードサイズの小さな用紙が同封されていた。

裏面になっていたそれを、ひっくり返す。

「……引換券？」

手書きの、今度は筆で書かれた達筆な文字に、俺はますます混乱するしかなかった。

＊＊＊

妙な『引換券』を受け取った三日後。授業を終えた俺は、その足で鎌倉に向かった。

あの神社は、『かふう』と読むらしい。鞄のポケットには、印刷してきた地図が入っている。

こんなに長時間電車に揺られるのは初めてだ。窓の外の変わっていく景色を興味深く眺めながら、俺は腕時計に視線を落とす。

神社に着くのは、十七時前になりそうだ。もしかしたら、もう誰もいないかもしれない。

そんな思考に逃げてしまう程度には、迷いがまだ、拭いきれずにいる。

行く必要なんてないんだ、本当は。わざわざ時間を割いて、貴重なバイト代を交通費にあててまで。

これは俺を捨てた母さんの、自己満足に過ぎない。

けど一応、俺を産んで、五歳までは育ててくれた人だ。それに、故人の遺言をないがしろにするのも気が引ける。

言い訳を繰り返している間に、目的の駅についた。流石は日本屈指の観光地。人が多い。

とはいえそのほとんどは帰路につかんとする途中のようで、俺のようにこれからどこかへ向かおうとする人は少ない。

俺は地図を開いて、間違えないよう注意深く道を進んだ。観光客は行かないであろう、昔ながらの細道。ところどころに現れる竹林。名もわからない、神社や寺。

緩やかな坂を上っていくと、それまで並んでいた住宅がふつりと途切れ、これまでとは比にならない竹藪が現れた。

石畳の参道。待ち構える、古い鳥居。

夕暮れの空を背景にしたそこは、まるで異世界に通じているかのような……なんて。

（……馬鹿馬鹿しい）

俺は早々に思考を切り、前を見据えて歩いていく。

この大きさの神社ならば、おみくじやお守りを売っている場所があるはずだ。まだ人がいるといいんだけど……。

「……あった」

手水舎を過ぎ、社殿へと向かう参道の右方。形からしてあそこがおそらく、おみくじやお守りを売っている場所だろう。が、窓は全て閉まっていて、降りたブラインドが目隠しになっている。

（……やっぱりもう、誰もいないかな）

結局、時間も金も無駄になってしまった。落胆よりもどこか安堵に似た心地を覚えながら、その小屋に近付く。

「……張り紙？」

扉に、『〝扇子〟、あります。御用の方は、お気軽に中へどうぞ』と書かれた用紙が一枚。

……扇子？　よくわからないけど、中に人がいるってことだろうか。

よくよく観察してみると、ここは『嘉風堂』と名の付く建物らしい。木札が付いている。

「……まだ入れるのか？」

途端に緊張が蘇《よみが》ってきて、意識的にその感情から目を逸らす。

良かった、じゃないか。これで、ただの徒労ではなくなった。

渋る腕を叱咤して、扉へと手をかける。

どうしてあの人がここに行けと遺したのか。その答えは、この中にある。

「――っ」

意を決して思いっきり扉を開ける。ガラリと響いたレールの鈍い音にかぶさるようにして、涼やかな声がした。

「こんばんは。ようこそのご参拝でした」

抹茶色をした和服の、男性。髪はまとめるほどではないがやや長く、薄い色をしている。

神社の人、なのだろうが、どうにもこの古さに不釣り合いなほど若い。

たぶん、俺とそこまで離れてはいないだろう。大雑把に予想を立てるなら、二十代前半といった感じだ。

柔い微笑みを携えるその人は、おやといった風に小首を傾げて、手にしていたハタキを下ろした。

「学生さん？　珍しいね。しかも、こんな時間に。夕刻の参拝はあまりお勧めしないけど……あ、もしかして、キミも噂を耳にしたくちかな？」

「噂？」

「ウチの扇子を受けると、願いが叶うっていう噂」

「は……い？」

願いが叶う、扇子？

あまりにも理解不能すぎて硬直した俺に、その人はますます不思議そうな顔をして、

「あれ、違った？　それじゃあ、ご用件は何かな？」

「あ、と……えと」

俺は慌てて鞄の中から手紙を掴み出し、例の『引換券』を差し出した。

「すみません、この券について何かご存知のことはありませんか？　手紙にこの神社に行くよう書かれていて、一緒にこれが入っていたんですけど……俺にはさっぱりで」

「！　それは……」

券を目にしたその人は、驚いたように瞠目《どうもく》した。が、途端に相好《そうごう》を崩し、

「……そっか、キミだったんだね」

深く頷くその人に、思わず「え？」と疑問が漏れ出る。

どういうことだ？

その人は懐かしそうに細めた双眸で券を眺めてから、戸惑う俺に視線を移した。

「その引換券のことは、よく覚えているよ。なんせ、それを書いたのは僕だからね」

「！」

「いま準備してくるから、ちょっと待っててくれるかな。ああ、あそこの椅子に座ってて」

「え？　あ、ちょっと……っ」

俺の静止など聞かず、その人は長い暖簾のかかった上がり口の奥に姿を消してしまった。

取り残された俺はひとり、ポツンと佇む。

「……とりあえず、座っておくか」

あそこ、と示された部屋の端には、木目調の丸い机と、椅子が二脚置いてあった。

ひとまず机に封筒と『引換券』を置き、椅子のひとつを引いて腰を下ろす。

準備、と言っていた。『引換券』という名から推測するに、たぶん、〝引き換える〟何かを準備しているのだろう。

「……せめてもうちょっと、説明とかさあ」

怒涛《どとう》の展開。なのに、あまりにも情報が少なすぎる。

他になにか手掛かりになりそうなものはないかと、暇つぶしがてら店内を見回す。目を引いたのは、出入口に向かって置かれた縦に長いガラス製のショーケースだった。

（……扇子）

二段になっているその中に、広げられた扇子が数点飾られている。どれも綺麗だ。

（……〝扇子あります〟って、この扇子を自由に見てどうぞって意味だったのかな）

観賞用の展示にしては数が少ない気もするが、もしかしたら、めちゃくちゃ文化的価値が高いとかなのかもしれない。

だとすると、ここは扇子の有名な神社なのだろうか。ろくに調べもせずに来てしまった。自身の迂闊《うかつ》さを後悔しながら再び視線を巡らせた俺は、やっとのことで「……あれ？」と気付く。

「お守り、ないんだ」

お守りどころかお札も絵馬も、神社という名で想像できる頒布物が何ひとつない。

まあ、そういう神社も珍しくはないか。

だとしたら余計に、何と引き換えるのか……。

（ってか、僕が書いたって言ってたけど、あの人がこの手紙を託したのは十年前だよな……？）

あの男の人もまだ小学生とか、よくて中学生だったんじゃあ。

そんな時期にあの券を書いたということは、ここの神主の息子さんなのだろうか。

「……それなら、納得」

『引換券』の謎もそうだけど、なんというか、歳のわりに妙に馴染んだ雰囲気がある人だった。

貫禄……とはちょっと違う。世間離れした。そう。まるで、この神社に在ることが〝正しい〟ような……。

「お待たせ」

「っ」

響いた声に、思考を切る。暖簾をかき分け草履を履いたその人は、俺の座る椅子に近付くと、手にしていた細長い小箱を机の上に置いた。

テレビのリモコンよりも少し大きくて、濃紺色をしている。その人は蓋に手を遣ると、静かに浮かせ、開いた。

「これが、預かっていた扇子だよ」

白く長い、それでも女性的ではなく節《ふし》のある指が、壊れ物を扱うような慎重さで扇子を取り出した。すらりと開いて、俺の眼前に置く。

真っ白な扇面の右方に、羽ばたく鳥が一羽。水彩画のような淡い濃紺を纏うそれが、なんという種類の鳥なのかはわからない。

左方を見据えるその小さな嘴《くちばし》には、薄桃色の……桜の花枝が咥えられている。

「キミの、だよ」

「……俺の？」

「帽子を深く被った、女性だったよ。恐る恐る、って様子でそこの扉から顔を覗かせてね、願いが叶う扇子があると聞いたんですが、本当でしょうかって。正しくは神様に願い事を届ける扇子ですね、と僕が返したら、その女性は、お願いです、その扇子を頂けませんでしょうかと頭を下げたんだ。随分と必死な様子でね。僕は彼女を、キミが今座っているその席に案内して、ウチがお守り代わりにオーダーメイド制の扇子を授与していることを告げた。そして、神様に願い事を届ける扇子とは、依頼人に一番合った絵柄を僕が選び、それを扇面に描いたものだと」

「！」

女性というのは、あの人のことだ。つまりこの扇子はあの人が求めた、〝神様に願い事を届ける扇子〟。

「彼女は是非と頷いた。そして、この扇子を欲しているのは彼女自身ではなく、贈りたい相手がいるのだと話した。今更、自分がその相手の幸せを祈れる立場ではないことは重々承知しているけど、それでもどうしても、願わずにはいられないのだと。そして僕は、彼女にこの絵柄を提案した。吉兆を運ぶ、花喰い鳥」

「花喰い鳥……」

「そう。そうしたら彼女がね、この扇子を預かっていて欲しいと頼んできたんだ。自分ではその相手に、渡すことができないからってね。何年先になるのかもわからない、もしかしたら、一生受け取りには現れないかもしれない。そう言われたけど、僕は引き受けた。どうしてだと思う？」

楽し気に尋ねてくるその人に、俺は眉根を寄せて「……どうして、ですか」と訊き返す。

その人は待ってましたと言わんばかりに双眸を細め、

「それが彼女にとって、この扇子にとって、そして僕にとって、必要なことだと感じたからだよ。現にこうして、キミが受け取りに来た」

ほらね、といった調子で微笑むその人に、俺は唖然と口を開く。

なんだ、この人は。いや、それよりも今は。

「……散々放置しておいて、今更、実は最期まで母親でしたって顔されても」

十八年のうちの、たった五年だ。しかも、一緒だった時間なんて更にそのうちの僅かだ。

幼い頃の記憶なんてとうの昔に褪《あ》せていて、正直、あの人の顔だってもうよく覚えていない。

美化されていく記憶では、真偽だってあやふやだ。唯一はっきりとしているのは、俺は身勝手な嘘をついて置いていったあの人に、くれてやる情など。

捨てられたという事実。

……それなのに。

無意識に湧き出た水分が、鼓膜を覆ってほとりと落ちた。

「……なんで」

なんで、なんで、なんで。

俺を捨てて、嘘をついて。連絡ひとつなく勝手に死んで、一方的にこんな扇子を押し付けてくるような人だぞ。

いい加減、振り回されるのは懲《こ》り懲《ご》りだ。

そう思うのになんで……涙なんて。

「……ああ、やっぱり」

くすりと笑う声に、対面のその人を向くと、

「親子だったんだね、キミたちは。道理で似ていると思ったよ」

「！　やめてください。俺を捨てた人に似ているなんて、最悪です」

「ああ……なるほど、それで」

「五歳ですよ？　五歳の俺を、なんの説明もなく施設に置いていったんです。それっきり、死ぬまで一度も会ってません。あの人が何を考えていたのかなんて想像もつきませんが、自分の都合で放っていったくせに、わざわざ十年後を指定して手紙なんて遺していると思ったら、書いてあったのはこの神社に行けってだけですよ？　人を馬鹿にするのもいい加減にしろって話ですよ。いざ死ぬってなった途端に、母親らしいことでもしたくなったんですかね。自分に残っているのはもう、俺しかいないから。惨《みじ》めだなあ。俺はこれっぽっちも母親だなんて思ってないのに。名前だって知らないんですよ？　知りたいとも思わない。だからほんと……この涙は、なんなんですかね」

鼻をすり上げて、目元をシャツの袖で拭う。刹那、触れてきた掌に、やんわりと静止された。

驚いて顔を跳ね上げると、綺麗に折りたたまれたハンカチ。伸ばされた白い腕の向こう

に、優しい目をした、その人。

「……そうだね。キミのそれは、一種の刷り込みによる反射的な喪失感かもしれない。はたまた、これまでひっそりと腹のうちに溜め込んでいた怒りが解放され、安堵しているのかもしれない。もちろん、素直に愛する人を失った悲しみ、っていう可能性だってある。きっとどれも正解で、どれも不正解だろうね。キミがそうだと決めるまでは」

「……俺が、決める？」

向いていた薄い双眸が、真剣な光を帯びた。

「そう。決めるのはキミだよ。いつだってね。その涙の理由も、キミがこれから、どうしたいのかも」

言い終えた途端、その人は先程までの真剣さが嘘のような朗らかな笑みを浮かべた。

慰め……ではない。彼は俺にこれからを決めろと言っている。……これからって？

「遠慮しないで、使って」

「あ……じゃあ、すみません」

俺は戸惑いながらも、差し出されたハンカチを受け取った。

その人は嬉々として頷くと「実はね」と切り出し、

「ちょうど探していたところだったんだ。住み込みで働いてくれる人をね。あまり高額な給料は出せないけど、食事の面は面倒見るよ。もちろん家賃も、光熱費だって必要ない。ただ、僕の住む家の一室を貸し出すわけだから、どうしても僕と生活を共にすることになってしまうけど……」

どう？　とその人が小首を傾げる。

（どう、って……）

まだ、母さんへの気持ちも整理できていないのに、なぜ俺は初対面の相手から住み込み仕事の打診を受けているんだ？

ちょっと、急展開すぎて頭が働かない。

完全に呆けた顔をしていた俺を見かねたのか。その人はすいと、促すように視線を横に流した。つられて俺も横を見る。

ブラインドの隙間から忍び込む、暖色に染まった眩《まばゆ》い明かり。ガラスケースに収められた扇子が、反射したその色を一身に受けている。

「……ここにはね、色んな人が来るんだ。人の数だけ事情があって、想いがある。沢山の心に触れれば、それだけ、知ることも増えるでしょう？　キミの中で選択肢も増える。お母さんが何を思っていたのか、キミの納得いく答えが見つかるまで、探してみたらいいんじゃないかな。死ぬまで〝何故〟を繰り返すのは、思っているより辛いだろうから」

それにね。彼は視線を机上の扇子に戻すと、羽ばたく鳥を指さし、にこりと笑んだ。

「僕の名前は嘉染癸燕。えん、という字はツバメでね。もしかしたら、キミに幸福を運ぶ鳥は僕かもしれないよ？」

「…………」

これは口説いてる……わけないよな。

唖然としながらその人を凝視するが、その人――改め、嘉染さんは茶目っ気たっぷりに笑むだけで、ただただ楽しそうだ。

（……なに考えてんだ、この人）

新手の詐欺か？　いやでも、金のない男子高校生を捕まえたところで、得することなんて。

「……初対面の、素性もわからない学生をこんな熱烈に誘うほど、切羽詰まってるんですか」

「ん？　いやあ、のんびり探そうと思ってたけど、きっとこれも縁なんだろうなあって。言ったでしょう？　この扇子の依頼を受けた時に、必要なことだと感じたって。僕ね、昔っから所謂第六感ってのがよく働く方でね。きっとあの時点で、こうなる未来が待っていたんだろうね。ああ、もちろん、闇雲に提案しているワケじゃないよ。ちゃんとキミを見て、こうして話して、その上でキミが来てくれたら助かるなあって」

（……もし俺が女子だったら、勘違いしそう）

多分、他意はなく言葉の通りで、だからこそなんというか微妙な心地になってしまう。

俺はコホンと咳払いをひとつ。気を取り直して、慎重に吟味する。

どのみち、高校を出たら働こうと思っていた。

多くの賃金は望んでいない。ここなら部屋を探す手間も省けるし、光熱費どころか三食付きだという。

　置かれた扇子を見つめて、ため息をひとつ。

　それに。

（……もう随分と前に、未練なんて捨てたはずだったんだけどなあ）

　あの人が。……母さんが、何を想っていたのか知りたいと思ってしまった。

　たとえ理解できずとも。もしかしたら、だけでも。

　嘉染さんの言う通り、俺の知る人の想いなんてほんの僅かだ。俺には知り得ない、想像すらできないような新しい想いを知れば、母さんがこの扇子を遺した真意に辿り着けるような気がする。

「……俺、扇子どころか、神社の知識なんてさっぱりですよ」

「うん、だろうね」

「あまり人と深く関わらずに来たので、失礼な態度を取るかもしれません」

「僕も、キミの気に障ることをするかも」

「純粋な興味ではなく、利用価値があるなあって思っていまして」

「そういう誘いで提案したのは僕だからね」

「……すぐにやっぱりやめたって、逃げ出すかもしれませんよ？」

「選択の自由は、誰にでもあるからね」

　――本気だ。悟った俺は、深く頭を下げた。

「……どこまで役に立てるかはわかりませんが、雇って頂いている間は精一杯頑張ります。ぜひ、よろしくお願いします」

「良かった。じゃあ、決まりだね」

周囲に花を飛ばしながら手を打った嘉染さんが、「これからの段取りについても話したいし、お茶を淹れて来るね」と立ち上がる。

そのまま上がり口に向かうのかと思いきや、「あ、その前に」と出入口へ歩を進めた。

「今日は少し、長く開けてしまったね。もう、お終い」

内側にかけ置かれていた『本日終了』の木札を手にして、軽く開いた扉から外にかけた。

……どうやら、本当にギリギリセーフだったみたいだ。

「名前、聞いてもいいかな？」

唐突に尋ねられ、俺は肩を跳ね上げた。

「あ、えと、充晴です。鷹蔵充晴」

「そっか。じゃあ、充晴。僕はお茶を淹れてくるから、暫く不在にするね」

「？　はい」

髪を揺らして踵《きびす》を返した嘉染さんが、上がり口に向かっていく。

草履を脱いで暖簾を上げると、肩越しに振り返り、

「時には感情のままに、ただ泣くことも必要だよ」

「！」

「ここは新しい居場所になるのだから。……どうぞごゆっくり」

慈悲の滲む双眸が、暖簾の向こう側へ消えていく。

「……ごゆっくり、って」

お茶を、淹れにいくのではないのか。その物言いではまるで、俺をひとりにするための口実のような――。

（……もしかして、終了の木札をかけたのも）

「……俺の、ため？」

ぽつりと落とした声が、やけに大きく聞こえた。

たぶん、あの上がり口の奥にも部屋があって、そのどこかにあの人はいるのだろう。なのに。やけに静かな室内を、改めて見渡す。

鳥居や社殿よりは新しい建物のようだけど、随分前から時を止めているような、そんな雰囲気だ。

（……母さんも、この椅子に案内したって言ってたっけ）

見たのだろうか。同じ光景を。この席に座って、俺のように。

そう考えた途端、眼の奥にジンと滲む熱。

「……っ、別に、悲しくなんてない」

不意に零れた言い訳めいたうめき声は、自分でも呆れるほど掠れていて。

一粒落ちたが最後、ずっと外に飛び出す機会を窺っていたかのように、次から次へと涙が溢れてくる。

押し込めていた幼い俺が、顔を出す。

「………うっ」

自分が死ぬと知ったのは、いつだった？

一緒に暮らしていた時からずっと、苦しかったの？

治療は、辛かった？

どうして、本当のことを教えてくれなかったの？

どうして、どうして。

「……っ、こんな形で幸せを願ってくれるより、一度だけでいいから、会いたかったよ」

いくら呼んでも目を開けてくれなかった、あの時の悲しみがフラッシュバックする。

たとえ貴女が俺を愛してくれていなかったとしても、やっぱり、俺は。

その日、俺は久しぶりに泣いた。子供のように、わんわん声を上げて。

それから慣れるなら早い方がいいだろうと、それまでお世話になっていた飲食店のアルバイトを辞め、この嘉風神社での仕事を始めた。

驚いたり、笑ったり、悩んだり。時間を重ね言葉を交わし、よくわからない不思議な人から、凄いけど手のかかる人に認識を改めた頃、俺は高校生活最後の日を迎えた。

施設の人には朝出るときに挨拶を済ませ、人並みの卒業式を終えた俺は、その足で嘉風神社へと向かった。

癸燕さん（下の名で呼ぶように言われた）が住んでいるのは、神社の隣にある、これまた年月を感じさせる一軒家だった。

なんでも先代があの神社を受け継いだ時に、一緒に引き取ったらしい。以来、先代と癸燕さんはこの家に住んでいたようだが……先代は数年前に家を出てしまっていて、今は癸燕さん一人で住んでいる。

俺にあてがわれたのは、二階にある六畳程の和室だった。施設から運び出した大して多くない荷物は既に、休日を利用して運び終えてある。

首に巻いた安物のマフラーに顔半分を埋めて、すっかり通い慣れた竹藪の参道を一人進んでいく。

こんなに寒ければ、今日はもう参拝者はみえないかもな。

両手を擦りながら鳥居をくぐると、見えてきた嘉風堂の前に、ひとつの人影。

「……っ、まさか」

寒さに凍える脚を、急いで早める。

「――癸燕さん！」

駆け寄りながら名前を呼ぶと、両手を身体前で合わせた癸燕さんが相好を崩した。

深い抹茶色の着物の上に羽織と厚手のストールを重ねているが……それにしたってだ。

「おかえり、充晴」

「ただいまです……って、ちょっ、いつから待っててくれたんですか。こんな、寒いのに」

風邪引きますよ、と眉根を寄せて問うと、

「駅に着いた、って連絡くれてたでしょう？　だから、もうそろそろかなって。今出てきたところだから、大丈夫」

そうはいっても、ほっぺたも、鼻の頭も赤いんだけど……。

（まあ、ここは見ないフリをしておこう）

俺は嘆息交じりに「……わかりました」と頷いて、癸燕さんの羽織の袖を軽く引きながら嘉風堂の扉に手を伸ばした。

「ともかく、早く中へ――」

「充晴」

「っ、はい」

「卒業、おめでとう」

ふわり、と。俺の頭上で開かれた掌から、はらりはらりと桜の花びらが舞う。

驚愕に見開く俺の瞳には、落ち行く桜色の花弁と、悪戯が成功した子供のように満足げに笑むその人。

よほど呆けた顔をしていたのだろう。癸燕さんは小さく噴き出すと、俺の両手を包み込み、

「これからよろしくね、充晴」

十八の春。俺はあの人に置いて行かれた家を出て、あの人が最後に繋いだ居場所に身を移した。

この扇子を遺したあの人が、何を想って生きていたのか。

自称、幸運を運ぶ〝花喰い鳥〟であるこの管理人が、本当に幸せを運んでくれるのかどうか。

答えを決めるのは、これからの俺だ。

冷たい指先から薄っすら伝わる、知った体温。優しくて、安心できる温度だ。

俺は知らぬ間にかじかんでいた頬を和らげて、精一杯の笑みを咲かせた。

「よろしくお願いします。癸燕さん」

宝島社
文庫

北鎌倉の嘉風堂　裏路地神社の扇子屋さん
（きたかまくらのかふうどう　うらろじじんじゃのせんすやさん）

2019年10月18日　第1刷発行

著　者　千早 朔
発行人　蓮見清一
発行所　株式会社 宝島社
〒102-8388　東京都千代田区一番町25番地
電話：営業 03(3234)4621／編集 03(3239)0599
https://tkj.jp

印刷・製本　株式会社廣済堂

ISBN978-4-8002-9858-4